MICHAEL EBERT, 1974 in Freiburg geboren, ist Chefredakteur des Süddeutsche Zeitung Magazins und wurde für seine journalistische Arbeit bereits mit zahlreichen Preisen ausgezeichnet. In seinem Debütroman »Nicht von dieser Welt« führt er uns an den verwunschenen Ort, an dem er selbst aufgewachsen ist: ein Krankenhaus in einer süddeutschen Kleinstadt. Auch in seinem zweiten Roman »Die Regenwahrscheinlichkeit beträgt null Prozent« (2025) beweist Michael Ebert, dass man von den großen Themen des Lebens ganz leicht erzählen kann.

Seit sein Vater gestorben ist, erhält der 13-jährige Mischa geheimnisvolle Anrufe. Über einen alten Münzfernsprecher melden sich die Toten bei ihm und geben ihre letzten Wünsche durch. Er gibt sich alle Mühe, sie zu erfüllen – immer in der Hoffnung, dass sich vielleicht eines Tages auch sein Vater noch einmal bei ihm meldet. Mischa lebt mit seiner Mutter in der Personalwohnung eines kleinen Krankenhauses im Schwarzwald, sie ist dort Intensivschwester, arbeitet unentwegt, das Geld ist dennoch knapp. Eines Tages tritt die 17-jährige Sola aus Zaïre in Mischas Leben, und mit ihr beginnt ein aufregendes Abenteuer, das ihm hilft, wieder Mut und neue Hoffnung zu schöpfen. – In diesem Roman geht es um die wesentlichen Dinge: Um Liebe und Armut. Um Leben und Tod. Und um die Kunst, nicht nur auf das zu schauen, was wir verloren haben. Sondern auch auf das, was uns bleibt.

Nicht von dieser Welt in der Presse:
»›Nicht von dieser Welt‹ enthält viele Elemente, die auch
›Der Fänger im Roggen‹ von J.D. Salinger
oder ›Tschick‹ von Wolfgang Herrndorf prägen.
Coming Of Age at its best.«
Juli Zeh

»›Trauer ist Liebe, die kein Zuhause mehr hat.‹ Viele Textstellen sind
so berührend, dass man sie in einem Notizbuch festhalten möchte.«
Magdeburger Volksstimme, Dana Toschner

Außerdem ist von Michael Ebert lieferbar:
Die Regenwahrscheinlichkeit beträgt null Prozent

www.penguin-verlag.de

MICHAEL EBERT

Nicht
von dieser
Welt

ROMAN

 PENGUIN VERLAG

Penguin Random House Verlagsgruppe FSC® N001967

1. Auflage 2025
Copyright © 2023 Penguin Verlag
in der Penguin Random House Verlagsgruppe GmbH,
Neumarkter Straße 28, 81673 München
produktsicherheit@penguinrandomhouse.de
(Vorstehende Angaben sind zugleich Pflichtinformationen nach GPSR)

Umschlaggestaltung: buxdesign | Lisa Höfner
unter Verwendung von Motiven von AdobeStock
Satz: satz-bau Leingärtner, Nabburg
Druck und Bindung: GGP Media GmbH, Pößneck
Printed in Germany
ISBN 978-3-328-11305-8
www.penguin-verlag.de

Meiner Mutter, meinem Vater

»Love is a shadow.
How you lie and cry after it
Listen: these are its hooves: it has gone off, like a horse.«

Sylvia Plath, *Elm*

Vor 34 Jahren sprach ich zuletzt mit den Toten. Und versprach, es nie wieder zu tun. Ich versprach es Sola, ich versprach es mir selbst, ich versprach es bei allem, was mir heilig war – wobei, was ist einem 13-Jährigen schon heilig, zumal ich nie getauft wurde. Um die Steuer zu sparen, waren meine Eltern längst aus der Kirche ausgetreten. Ich versprach es beim Leben meiner Mutter, bei der Seele meines Vaters, bei meinem Augenlicht, bei Luke Skywalker und bei Yoda, beim Heil aller kranken Kinder der Welt. Für meinen Schwur leckte ich nacheinander an Daumen, Zeigefinger, Mittelfinger der rechten Hand, schmeckte Erde und meine salzige Ernsthaftigkeit, legte die Finger auf mein Herz und blickte feierlich zwischen den Bäumen hindurch in die Morgendämmerung. Würde ich meinen Schwur je brechen, dürfte ich nie mehr ein Mädchen küssen, sollte die ganze Welt …

»Okay, okay, mein kleiner Affe, schon gut, *quel drame*! Das reicht mir.«

Sola hatte die Hände hinter sich ins feuchte Moos gestützt; erschöpft, zitternd und wie ich erleichtert darüber, dass wir noch am Leben waren.

Ihre Beine hatte sie gerade nach vorne ausgestreckt, sie saß mir schräg gegenüber wie eine Marionette aus altem Lindenholz, die nach einer Aufführung beiseitegelegt worden war.

»Genug geschworen. Ich glaub dir.«

Das Weiß in ihren dunklen Augen leuchtete hell inmitten

ihres Gesichts. Im Licht des anbrechenden Tages konnte ich erkennen, dass Solas dunkelgraue Jeans und ihr schwarzer Pullover ebenso verdreckt waren wie meine Klamotten. In ihren vielen kleinen Locken hatte sich allerlei Ingreisch aus dem Wald verfangen. Nachdem sie mich kurz angesehen hatte, blickte sie wieder nach oben in den Himmel.

»*Regarde*, mein kleiner Affe, wie schön, *Vénus.*«

Ich rückte neben sie, und sie zeigte auf einen leuchtenden Punkt nahe der schmalen Mondsichel.

»Alle glauben, der Polarstern ist der hellste Stern am Himmel. Ganz verkehrt. Vénus leuchtet viel besser, zumindest jetzt, im Sommer. Um diese Zeit im Jahr ist sie ziemlich nah.«

»Wie nah?«, fragte ich.

»Nur so ungefähr vierzig Millionen Kilometer weit.«

Ich hatte lange schon aufgegeben zu fragen, woher sie alles wusste, was sie wusste.

»Sie ist immer allein, weißt du?«

»Die Venus?«

»Oui. Sie hat keinen Mond, der um sie kreist. Und sie hüllt sich in Wolken. So bleibt sie geheimnisvoll.«

Sie neigte den Kopf zur Seite, bis er fast auf ihrer eigenen Schulter lag. Eine Wolke ließ sich vor den fallenden Mond und die Venus wehen. Sola wuschelte mit ihrer rechten Hand über ihre Haare, noch immer war von ihr wenig mehr zu sehen als ein Schatten. Die Wolke zog weiter. Letztes Sternenlicht fiel auf uns. Sie bemerkte meinen Blick.

»Nicht verlieben.«

»Was?«

»Du guckst mich so an. Nicht verlieben.«

»Okay, nee, ich …«

»Ich probiere es auch.«

»Dich nicht zu verlieben?«

»*Non*, mein kleiner Affe«, sie lächelte. »Nicht verlieben ist kein Problem für mich. Nicht mehr mit den Toten sprechen. Das probiere ich auch. Lassen wir die Toten in Ruhe. Vielleicht lassen sie uns dann auch.«

Ich nickte. Sie hatte immer recht.

Fast gleichzeitig blickten wir auf die beiden Rucksäcke neben uns.

»Was meinst du, wie viel ist es?«, fragte ich.

Für den Gedanken, dass wir jetzt reich waren, hatte ich noch gar keine Zeit gehabt.

Sola zuckte mit den Schultern. Die Leuchtstreifen auf dem Nylon der Rucksäcke reflektierten die ersten Sonnenstrahlen des Tages, die zwischen den Birken hindurch flickerten wie eine Belohnung für die Verabredung, die Sola und ich eben getroffen hatten. Auch wenn uns die Wärme des anbrechenden Tages vor allem daran erinnerte, wie kalt uns war.

»Zwei, drei Millionen vielleicht? Bei großen Summen kann ich so schlecht schätzen.« Sie machte eine Pause, als würde sie doch nachrechnen.

»Hat sich jedenfalls gelohnt.« Und stolz fügte sie hinzu: »Ich muss sagen, ich hab das ziemlich gut gemacht.«

Das Morgenlicht stromerte jetzt in diffusen Strahlen durch verbliebene Fetzen des Bodennebels, der Wald war noch still. Es waren kaum Vögel zu hören. Wir standen auf, versuchten, uns den Dreck von den feuchten Jeans zu klopfen, gaben es gleich wieder auf, rieben unsere nackten Oberarme warm und zerstachen uns die Finger, als wir versuchten, den Eingang zum Stollen wieder mit den Brombeersträuchern zu verdecken. Handschuhe standen auch auf der langen Liste von Dingen, die wir nicht mitgenommen hatten. Zusammen mit Jacken oder wenigstens warmen Pullovern. Und einer zweiten Taschenlampe.

Wir schulterten die Rucksäcke mit dem Geld und wanderten zurück Richtung Nachtigallenschlucht. Der Wald roch angenehm verwildert, nach gefallenem Laub, Morgentau, Moos und frei lebenden Tieren, eine harzige, weltliche Süße, aber er bot uns in diesem Teil keine Wege, wir kamen nur langsam voran. Immer wieder blieben wir mit den Schnürsenkeln unserer Turnschuhe in dornigem Gestrüpp hängen. Ich hatte den Geschmack von Blut im Mund, weil ich an meinen Fingerkuppen lutschte, die von den Brombeerstacheln zerstochen waren. Wir sprachen kaum, und seltsamerweise hatte ich jetzt keine Angst mehr, von den Wachsoldaten entdeckt zu werden, die uns vorher noch gejagt hatten. Ich versuchte, nicht an das zu denken, was wir im Stollen erlebt hatten. Sondern daran, dass wir jetzt reich waren. Es gelang mir nicht. Seltsamerweise konnte ich mir auch das Haus nicht mehr vorstellen, das ich von dem Geld in meinem Rucksack für meine Mutter und mich kaufen wollte. Dabei hatte ich es immer so klar vor Augen gehabt.

Irgendwann erreichten wir wieder den Stacheldrahtzaun, der zwischen mürben Betonpfeilern gespannt war. Die Stempen standen in militärischer Regelmäßigkeit zueinander, immer fünf Schritte eines Erwachsenen zwischen ihnen, jeder Pfeiler vielleicht drei Meter hoch. Sie boten die einzige symmetrische Anordnung im vielgrünen Durcheinander des Waldes. Die obersten Kanten ihres Betons waren leicht geneigt – als wollten sie sich für die Unannehmlichkeiten entschuldigen, die ihre Gegenwart verursachte. Wir robbten zurück durch die Lücke im Stacheldraht, durch die wir auch schon gekommen waren. Dann verließen wir das militärische Sperrgebiet, ohne noch einmal auf die Warnschilder zu blicken, die am Zaun hingen.

Bald darauf gelangten wir zurück auf den angelegten Waldweg Richtung Grüner Jäger. Hier konnten wir wieder nebeneinander laufen. Einmal kam mir Sola so nahe, dass ich Gänsehaut bekam, diesmal nicht von der Kälte. Im Gehen griff sie mit der linken Hand nach meinem Kopf und zog mich etwas zu sich, ohne stehen zu bleiben. Weil sie größer war, konnte sie sich über mich beugen. Sie roch an mir. Dann roch sie an ihrem Pullover.

»Wir stinken«, stellte sie fest.

»Ja, das kommt aus dem Stollen.«

»Es riecht wie … *salpêtre*. Es heißt auch so auf Deutsch?«

»Salpeter? Ja.«

»Mein kleiner Affe – du und ich, wir riechen wie die Teufel.«

Später las ich viel über den Tod. In Trauerreden heißt es, die Toten seien entschlafen – sanft, wenn sie Glück hatten. In Gebeten wird behauptet, sie würden in Frieden ruhen, als wäre der Tod nur eine wohlverdiente Pause nach der Plackerei des Lebens. Steinmetze schlagen euphemistische Auftragslügen in Grabplatten: Die Toten hätten ewige Ruhe gefunden, *hic pausat, hic requiescit, hic dormit*. Die Apostelgeschichte erzählt, dass der heilige Stephanus erst zu Tode gesteinigt wurde – um nach dieser Folter friedlich zu entschlafen, *obdormivit in Domino*. Im Buch Daniel des Tanach heißt es: »Viele, die unter der Erde schlafend liegen, werden aufwachen.« Die Letzte Ölung hieß im Mittelalter *dormentium exercitium* – das »Sterbesakrament der Schlafenden«. Bei Homer langweilen sich die ehemaligen Krieger im Hades, die »im Tode schlafen«. Bei Vergil ist die Unterwelt die »Stätte der schlummernden Nacht und des Schlafes«, immer getaucht in das schimmernde Purpur einer unendlichen Dämmerung.

So unerträglich ist den Menschen der Gedanke an den Tod, dass wir ihn zu einem sanften Schlummer zurechtgedichtet haben, aus dem man jederzeit geweckt werden könnte. So wie die sieben Epheser, die 377 Jahre geschlafen haben sollen, ehe Gott die Ungläubigen beeindrucken wollte und entschied, dass es für die Epheser nun Zeit sei aufzuwachen. Als sie vor den römischen Kaiser Theodosius traten, sprach einer von ihnen: »Siehe, wir sind wahrlich auferstanden und leben, und wie das Kind im Mutterleib keinen Schaden spürt und lebt, so lagen auch wir und lebten und schliefen und spürten nichts.« Glaubt man der Geschichte der Epheser, ist es gar nicht so schlimm, gestorben zu sein. Es tut nicht weh und ist ja nicht für immer.

Was Gott angeht: Zu ihm kann ich nichts sagen, wir hatten keinen Kontakt. Aber dass die Toten ruhen, dass sie ihren Frieden gefunden haben, dass sie ewig schlafen – das ist nicht meine Erfahrung. Nein, ich würde sagen: Die Toten sind alle in der Hölle. Aber diese Hölle ist kein Ort lodernder Feuer und schrecklicher Marter. Es ist viel schlimmer. Nach allem, was ich weiß, ist die Hölle ein Ort unendlichen Wartens auf etwas, das nie kommt. Die Toten stehen in einer Schlange vor einem Laden, der nie öffnet. Sie warten an einer Haltestelle auf einen Bus, der nie fährt. Sie hoffen auf das Urteil eines Gerichts, das nie tagt.

Allerdings gibt es in der Hölle ein Telefon.

Freitag, der 5. Juli 1991

n dem Haus, in dem ich aufwuchs, starben jeden Tag Menschen.

Im Herbst wurden die Großmütter eingeliefert, beim Verräumen der Einmachgläser von Trittleitern gefallen, auf nassem Laub mit dem Fahrrad gestürzt, mit gebrochener Hüfte, mit gebrochenem Oberschenkelhals; tapfere Damen, die Schmerzmittel aus Prinzip verweigerten und dennoch keinen Laut gaben, weil sie noch nie in ihrem Leben gejammert hatten und jetzt nicht damit anfangen wollten. Wer zu Großmutter zum Mittagessen kam, ließ nach der Mahlzeit den Teller stehen, sie würde abräumen, wie sie es immer tat. Ihre stille Beflissenheit wurde für selbstverständlich genommen, außer am Muttertag und zum Geburtstag, zu denen man ihr einen Bund schlafender Tulpen aus dem Supermarkt oder eine Packung »Merci« mit einer zurückhaltenden Umarmung überreichte. Die Geschehnisse hatten sich nie um sie gedreht, jedenfalls nicht so wie jetzt, wo sie von zwei Sanitätern aus dem Krankenwagen getragen wurde. Während die Männer versuchten, die Trage möglichst achtsam aus dem Fahrzeug zu schieben, damit sich das Fahrgestell darunter ausklappen konnte, forderte die Großmutter die beiden auf, sie bitte schön in Ruhe zu lassen, »Geht schon wieder!« und »Ich lauf selbst!« – und wollte damit doch nur sagen, dass sie mit all der Aufmerksamkeit nicht umzugehen wusste, man hatte sich schon so lange nicht mehr um sie gekümmert. Eigentlich noch nie.

Fast war ihr der Schmerz diesen kurzen Moment des Gesehenwerdens wert.

Im Winter kamen die Einsamen, denen die kurzen Tage oder die allzu langen Nächte auf ihren alten Höfen im hinteren Sulzbachtal den letzten Lebenswillen genommen hatten, die windhunddürren Junkies, die in einen der eiskalten Bauwagen der Katholischen Jugend im Wald eingestiegen waren und sich da einen Schuss von überraschend reinem Heroin vom Stuttgarter Hauptbahnhof gesetzt hatten, der beim Tox-Screening Fassungslosigkeit bei den Ärzten hinterließ. Es kamen die psychisch Labilen, die sich für ihre Krankheit so sehr schämten, dass sie nach der ersten Diagnose nie mehr beim Arzt waren, und denen jetzt kaum noch zu helfen war. Es kamen jede Menge Fahranfänger, die vom Technischen Hilfswerk oder der Feuerwehr aus zerquetschten Autowracks herausgeschnitten werden mussten, nachdem sie aus einer vereisten Schwarzwaldstraßenkurve geflogen und gegen eine der zahllosen Fichten gerauscht waren.

Im Frühling kamen die Wasserleichen, mit handtellergroßen Löchern im Kopf, auf glitschigem Uferstein ausgerutscht, und die lautlos Ertrunkenen, denen die Kraft ausgegangen war im Waldsee in Sankt Georgen, zur Unkenntlichkeit aufgedunsen, das Schilf in ihrem Haar glich einer schlechten Perücke.

Natürlich starben nicht alle. Es kamen die Allergiker, die rasselnd nach Luft schnappten oder mit ihren angeschwollenen Zungen unverständlich lallten. Aber nach einem Schuss Epinephrin zum richtigen Moment, 300 Mikrogramm, und einem kräftigen Schluck Fenistil waren sie bald wieder auf den Beinen. Dazu die Mountainbikefahrer, die jammerten immer, mit Schürfwunden, gebrochenen Schlüsselbeinen, zerschmetterten

Ellenbogenknochen. Die Handwerker mit abgesägten Finger-
gliedern, die sie in Beuteln voller Eis mit sich trugen. Die
Männer mit ausgeschlagenen Zähnen nach Prügeleien vor
den Kneipen der Stadt, dem Zodiak oder der Steige 9, Männer
mit Leberzirrhosen, die Opfer von Dachlawinen mit zertrüm-
merten Knien oder Schulterknochen. Dehydrierte Krebskranke,
die oft auf den einsamen Bauernhöfen im Umland von ihren
Familien versorgt und zwischen den Jahren vergessen worden
waren oder die viel zu spät eingeliefert wurden, weil die Angehörigen Angst vor »Weißkitteln« hatten und vor dem technischen Gerät, das sie nicht verstanden und von dem sie fürch-
teten, dass sein Einsatz unbezahlbar sei. Manchmal liefen
Schulkameraden aus den höheren Klassen an mir vorbei, Pär-
chen, die ich schon auf dem Pausenhof beim Knutschen gesehen hatte. Jetzt kamen sie im Gleichschritt, gebückt vom
Gewicht der eigenen Angst auf ihren Schultern, Arm in Arm,
in der Hoffnung, hier irgendwo eine »Pille danach« zu kriegen.
Das geplatzte Kondom hatten sie in einer kleinen Plastiktüte
dabei – als Beweis dafür, dass sie doch zumindest versucht hatten
zu verhüten.

Im Sommer, so wie an diesem Tag, kamen die Motorradfah-
rer. Viele schrien auf dem kurzen Weg aus dem Krankenwagen bis zu einem der Aufzüge, der sie in den OP-Saal im vierten Stock brachte. Sie schrien nicht vor Schmerz, selbst wenn
sie unnatürlich verdreht auf der Liege lagen oder nur noch
blutige Stümpfe zu sehen waren, wo ihre Beine gewesen waren. Sie schrien, weil sie wissen wollten, ob jemand *ihre
Maschine* gesehen habe, ob *ihre Maschine* okay sei, wo man
ihre Maschine hingebracht habe, sie hätten *ein Recht darauf,*
zu erfahren, wo *ihre Maschine* sei. »Ist meine Maschine noch
ganz?«

Der Notarzt versuchte, die Unfallopfer mit unbeholfenen Lügen zu beruhigen. »Mit Ihrem Motorrad ist alles in Ordnung, Herr, äh …«

Hilfesuchender Blick zu einem der Rettungssanitäter.

»Wittmann«, ergänzte der.

»Bestimmt alles in Ordnung, Herr Wittmann.«

Wieder ein Blick des Notarztes zum Rettungssanitäter, diesmal verschwörerisch: »Oder, Niklas?«

Und Niklas, der Rettungssanitäter, natürlich: »Hab sie da liegen sehen, Ihre Maschine, Herr Wittmann, sah eigentlich noch gut aus für mich.«

Gute Lügner verpacken ihre Unwahrheiten in so herrlich glitzerndes Silberpapier, dass man sie gar nicht auspacken will. Sie lügen in gelassenem Tonfall, mit vertrauensvollem Blickkontakt, mit beiläufigem Achselzucken. Aber der Notarzt und der Rettungssanitäter Niklas hatten keine Zeit für glitzernde Silberpapier-Lügen. Sie waren damit beschäftigt, Herrn Wittmann auf der Trage und am Leben zu halten, einen zweiten Zugang zu legen und die Cervicalstütze korrekt zu platzieren, damit seine Halswirbelsäule stabilisiert war und er möglichst ruhig lag. Sie logen schlecht, und das merkte auch Herr Wittmann, selbst in seinem Zustand. Also schrie er lauter: Er wolle Antworten, *ehrliche Antworten!*

Die wollte er natürlich nicht.

Er verlangte nach einer anderen Wahrheit als der Wahrheit. Er verlangte nach einem Zugang zu einer Parallelwelt, die ihm einen Ausweg aus seiner Situation versprach. In der er weiterhin gut gelaunt und nur ein klein wenig zu schnell auf der Landstraße unterwegs sein konnte. Er verlangte nach einer Wahrheit, die ihm erträglich war.

Die Wahrheit, so reimte ich sie mir später aus Bruchstücken zusammen, die ich belauschen konnte: Er hatte sein Motorrad zu Schrott gefahren, als er an seinem freien Tag frühmorgens auf der B 462 etwas zu selbstbewusst einen dunkelblauen Mitsubishi Galant in Richtung Auffahrt zur A 81 überholen wollte und gegen einen entgegenkommenden Sattelschlepper gesteuert war.

Seit dem Zusammenprall blendeten der Schock und die Angst seine Sinne mittagssonnengrell, so sehr, dass er noch keinen Schmerz spürte. Wahrscheinlich wusste Herr Wittmann noch gar nicht, dass er bei dem Unfall beide Beine verloren hatte, obwohl es nicht zu übersehen war. Bestimmt ahnte er auch noch nicht, dass er an diesem Tag sterben würde. Aber weil die eine Tatsache ebenso unfassbar für ihn war wie die andere, ließ sein Verstand in diesem Moment nur die Sorge um sein Motorrad zu, sein vollkommen zerstörtes, sein vollkommen unversehrtes Motorrad, seine Maschine, eine BMW R 100 GS mit 60 PS, auf die er fast zwei Jahre lang wesentliche Teile seines Gehalts als Mechatroniker bei Summer+Lüchtle gespart und die er schließlich für 10 400 Mark gebraucht gekauft hatte, oben auf dem Hardt, von einem Landwirt, der die ängstlichen Blicke seiner Frau nicht mehr aushalten mochte, wann immer er auf das Motorrad gestiegen war. Herr Wittmann, noch keine 31 Jahre alt, verlobt, keine Kinder, hatte zu diesem Moment nur noch etwas mehr als elf Stunden zu leben.

Er schrie aus voller Brust: »Fast zwei Jahre hab ich auf meine Maschine gespart!«

Weil Lügen niemandem weiterhelfen würden und die Wahrheit keine Rolle mehr spielte, schwieg der Notarzt und hängte neben die Jono-Lösung einen HAES-Beutel an. »Schnell, in den Schockraum«, wies er den Sanitäter an. »Die anderen warten schon.«

Bei schlechtem Wetter saß ich drinnen bei den Lastenaufzügen auf einem der Plastikstühle, die ich aus der Cafeteria geklaut und so platziert hatte, dass sie genauso beliebig und nutzlos hingestellt aussahen wie Dutzende andere Stühle im Rest des Hauses auch. Außer mir saß nie jemand auf ihnen. So viele Menschen müssen sich jeden Tag in Krankenhäusern hinsetzen, nie sind ausreichend Sitzgelegenheiten da. Das liegt nicht daran, dass es in Krankenhäusern zu wenig Stühle gäbe. Sie stehen nur immer an den falschen Stellen, weil sie irgendwann einmal anderswo gebraucht oder gedankenlos aus dem Weg geräumt, am Ende eines Flures abgestellt worden waren. Und dort hat man sie dann über die Jahre stehen lassen. Nebensächliches wird an einem Ort, an dem Hauptsächliches verhandelt wird, wie das Leben, wie der Tod, oft ignoriert.

Wenn ich auf einem meiner Stühle saß, legte ich die Füße auf einem der drei Pflanzenkübeln ab, in denen gewaltige Gummibäume steckten. Nie fand ich heraus, ob sie Plastikdekoration oder echte Pflanzen waren, nicht einmal, nachdem ich die Blätter zwischen Daumen und Zeigefinger befühlt hatte.

So gut wie immer trug ich Kopfhörer. Menschen sprechen offen, wenn sie das Gefühl haben, dass man sie nicht hören kann. Mit Kopfhörern wurde ich fast unsichtbar, wo ich sonst nur unscheinbar war. Etwas zu groß für einen 13-Jährigen, aber noch immer halbwüchsig. Ein stiller Junge in billigen Turnschuhen, Jeans, Pulli oder T-Shirt, mit kurzem, struppigem blondem Haar, das ihm die Mutter geschnitten hatte, um den Friseur zu sparen, und einem Schulbuch neben sich. Den man schon öfter gesehen hatte, der ehrlich gesagt fast immer irgendwo im Krankenhaus rumlungerte, üblicherweise aber wie verwachsen mit den Gummibäumen in der Eingangshalle saß, fast schon ein Teil der Einrichtung.

Schaute im Vorbeigehen doch mal einer der vorbeieilenden Ärzte skeptisch, war da immer jemand, der Bescheid wusste.

»Das ist der Sohn von Schwester Ursula, von Intensiv.«

Oder: »Die wohnen hier ... Doch, bestimmt schon ein paar Monate ... ja.«

Manchmal auch: »Der Vater ...« – »Ach so.« Mitleidsblick.

Wenn es draußen warm genug war, wie heute, saß ich auf einer kleinen weißen Steinmauer, die das Einfahrtstor des Notarztwagens mit dem Hauptgebäude verband, trank Topstar-Cola von Aldi aus Plastikflaschen, hatte meinen Atlas vor mir aufgeschlagen und wartete auf das nächste Unglück.

Ärzte und Sanitäter waren bei Einsätzen nie so geistesgegenwärtig, das Einfahrtstor nach ihrer Ankunft wieder zu schließen. Und die Stadtverwaltung hatte zwar Milchglasblenden an der Garageneinfahrt anbringen lassen, nicht aber an den Seitenfenstern, auf die ich von meinem Platz gute Sicht hatte. Auch der kurze Weg Richtung Aufzug war einsehbar, die Fenster ganzjährig gekippt, nur ein paar schwarze Schwalbenschatten klebten schief auf dem Glas, um die Vögel davon abzuhalten, gegen die Scheiben zu fliegen und sich die Flügel oder das Genick zu brechen. Ich hatte einen guten Überblick, konnte so gut wie alles mithören und hatte inzwischen auch etwas Erfahrung.

Meine Beobachtungen notierte ich in einem Schreibheft, das ich mit einem der bunten Plastikumschläge aus der Schule eingebunden und mit »Erdkunde« beschriftet hatte – das langweiligste Unterrichtsfach und dadurch fast eine Garantie, dass niemand darin blättern würde. Ich notierte Namen der Patientinnen oder Patienten, soweit ich sie bei der Einlieferung mithören konnte oder unterwegs im Haus aufschnappte, Namen der Angehörigen, der diensthabenden Ärzte und betreuenden

Pfleger, Ankunftszeit, Allgemeinzustand, offizielle Diagnose, die Station, auf die die Patienten gebracht werden würden, die Krankenversicherung – privat oder Kasse? –, eine von mir geschätzte Verweildauer im Krankenhaus und die Mortalitätswahrscheinlichkeit.

Ich notierte, was es bislang zu Herrn Wittmann zu notieren gab:

5. Juli 1991 / Wittmann, männlich
Ankunft 7.12 Uhr
Mot.-Unf. / Polytrauma / Schockraum

Dann klappte ich das Schreibheft zu und packte es in meinen Rucksack. Ich musste mich beeilen, um kurz nach halb acht begann die Schule. Außerdem kamen heute die Franzosen.

Ehe wir ins Krankenhaus umziehen mussten, wohnten wir zur Miete in einem gelben Fachwerkhaus mitten in der Stadt, ein Stockwerk über einem Laden für Wolle und Nähbedarf in der Lauterbacher Straße. Aber irgendwann wurde selbst diese günstige Zweizimmerwohnung zu teuer für meine Eltern. Manchmal kam ein Mann in einem dunkelblauen Anzug zu uns, mit polierten Schuhen und einer schwarzen Aktentasche, darin Papiere und Aufkleber, mit denen er bestimmte, welche Gegenstände uns demnächst weggenommen werden würden, weil meine Eltern wieder irgendwas nicht bezahlt hatten. Meine Eltern boten ihm jedes Mal Kaffee an, ihren kostbaren Kaffee, den er stets freundlich nickend annahm, aber nie trank. Während er sprach, blickten meine Eltern auf seine Tasse und sahen dabei zu, wie der dampfende Kaffee kalt wurde. Nachdem er ein paarmal bei uns gewesen war, hatten wir nicht mehr viel, was sich mitzunehmen lohnte. Den alten Fernseher ließ er uns.

Jedes Mal wieder sagte er, halb bedauernd, halb großzügige Geste: »Dieses Gerät *darf und will* ich nicht pfänden.« Jedes Mal antwortete meine Mutter dasselbe: »Der hat auch nur drei Programme.«

Mein Vater starb, wenige Tage ehe wir aus der Lauterbacher Straße in die Feuchtwengerhöfe umziehen sollten, die Sozialwohnungssiedlung der Stadt. Ich war zwölf Jahre alt. Von hier an flackert meine Erinnerung. Schatten bewegten sich wie Menschen und umgekehrt, Stimmen waren nur noch Geräusche, und was sich wie eine Berührung anfühlte, konnte auch nur der Wind gewesen sein. Ob es immer nur mein eigener Kummer war, mit dem ich lebte, oder auch der eines anderen Jungen aus irgendeinem Film oder irgendeinem Buch, weiß ich nicht mehr zu sagen. Einmal stand der einzige Freund meines Vaters in der Tür, Oberst Knispel. Ein großer Mann mit einer Frisur und einem Schnauzer wie der Fußballnationalspieler Uwe Bein, der nur selten zu Besuch kam, sich aber in unserer Wohnung jedes Mal wieder so selbstverständlich bewegte wie ein bestellter Handwerker. Oberst Knispel hatte angeblich in der Armee der DDR gedient und trug stets eine Pistole in einer kleinen dunkelbraunen Herrenhandtasche bei sich – »Meine olle Dienstwaffe« –, die ich bei jedem seiner Besuche in die Hand nehmen durfte. Ob Oberst sein echter Dienstgrad gewesen war und ob er wirklich Knispel hieß oder ob das ein Spitzname war, erfuhr ich nie. Mein Vater hatte ihn an einem Roulettetisch im Casino in Konstanz kennengelernt und nannte ihn bloß Knispel, meine Mutter sprach nur von »dem NVArsch«. Ich weiß noch, dass Oberst Knispel bei seinem letzten Besuch mit meiner Mutter an unserem Küchentisch saß, zwischen halb gepackten Umzugskisten, und dass er immer wieder ihre Hand nehmen wollte, während er von einem

»großen Ding« erzählte, das er mit meinem Vater ausgeheckt hatte: »Der Oberst und der Archäologe, wir zwei, das wär's gewesen!« Er hatte Tränen in den Augen, und es schien, als sei er gekommen, weil er Trost brauchte – nicht um ihn zu spenden. Meine Mutter hörte ihm eine kurze Weile zu und zog wortlos immer wieder ihre Hand zurück, wenn er nach ihr griff. Bis er endlich aufstand und ging und nichts hinterließ als den Geruch von kaltem Rauch.

Was ich sicher noch weiß: Nur einen Tag nach dem Tod meines Vaters wurde meiner Mutter durch Vermittlung eines wohlmeinenden Arztes eine der beiden Hausmeisterwohnungen in dem Krankenhaus angeboten, in dem sie schon seit Jahren arbeitete. Eine freundliche Geste der Verwaltung für Krankenschwester Ursula, die trotz des Unglücks mit ihrem Mann und trotz der Belastung mit ihrem Kind immer pünktlich zur Arbeit erschien.

Als wir dann tatsächlich statt in die Feuchtwengerhöfe ins Krankenhaus umzogen, war mein Vater seit drei Wochen tot. Nachts hatten meine Mutter und ich all unsere Sachen verpackt – auch die meines Vaters. »Solange wir an ihn denken, ist er auch noch da«, sagte meine Mutter, mehr zu sich selbst als zu mir. Wir packten seine Kleidung, auch den grünen Strickpullover mit dem roten Bruststreifen, der noch nach ihm roch, seinen einzigen Anzug, seine ausgetretenen Schuhe, die vielen Bücher, die ich ihn nie hatte lesen sehen, die Feuerzeuge aus seinen Hosentaschen, das alte Schachspiel mit den geschnitzten Figuren und dem gelben Mensch-ärgere-dich-nicht-Männchen, das einen weißen Bauern ersetzte, und auch seinen wertvollsten Besitz, den Totenschädel mit den losen Zähnen, an denen ich manchmal wackelte und von dem er mir nie hatte verraten wollen, wie genau er in seinen Besitz gekommen war.

Lang standen wir ratlos vor seinen vielen Aktenordnern, alle ordentlich beschriftet und in zwei Farben sortiert. Die blauen Ordner waren mit Unterlagen seines einzigen Hobbys gefüllt: »Archäologie 1979«, »Archäologie 1980«, »Projekt Keltengrab«, »Archäologie 1986«, »Projekt Limes«, »Projekt Malachit« und so weiter, darin Ausrisse aus Zeitungen und Kopien von alten Landkarten, auf die er gestrichelte Linien gemalt hatte, die bei großen Fragezeichen endeten. Wochenends waren wir zu zweit diesen Karten und dem Goldgräbergefühl meines Vaters gefolgt, meine Mutter war augenrollend zu Hause geblieben. Wir streiften durch die Wälder der Umgebung, buddelten gelegentlich mit Stöcken und den Hacken unserer Schuhe Löcher in den Waldboden, weil mein Vater »so ein unbestimmtes, gutes Ziehen im Bauch« hatte. Nie fanden wir etwas von Wert. Was mein Vater »Archäologie« nannte, war am Ende nur eine Schatzsuche, deren Grundlage historische Werke über die Römer und Kelten waren, die er sich in der Stadtbibliothek ausgeliehen hatte. Wenn ich an unseren Bemühungen zweifelte, wies er mich darauf hin, dass »Schliemann trotz aller Zweifler Troja gefunden hat, nur weil er die *Ilias* genau gelesen hatte – und das hat ihn sehr wohlhabend gemacht«.

Die schwarzen Ordner, davon gab es viel weniger, waren ebenso sorgsam gekennzeichnet: »Versicherungen«, »Rechnungen«, »Steuer 1987«, »Steuer 1988«, »Bank«, »Pässe u. a.« – aber viele davon waren so gut wie leer, Verwaltungsassistenten eines ungelebten Lebens.

»Die schwarzen Ordner nehmen wir mit. Die blauen schmeißen wir weg«, entschied meine Mutter.

Alles fand Platz in Umzugskisten, die ich auseinanderzufalten lernte und dabei nicht kaputt machen durfte, weil wir sie nur geliehen hatten. Ich wickelte Teller, Töpfe und unsere beiden Pfannen in altes Zeitungspapier, das uns die Nachbarin vorbeigebracht hatte, während meine Mutter überlegte, wo sie die abgekratzten Butterverpackungen verstauen könnte, die sie im Kühlschrank verwahrt hatte. Ein neues Pfund Butter auszupacken hatte für uns immer etwas Feierliches gehabt, so kostbar war es in unserem Haushalt. Eine Art Ritual: Stets hatte sie die Butter vorsichtig auf einen kleinen Teller gestürzt, um sie dann erst mal außer Reichweite zu stellen. Mein Frühstücksbrot wurde mit den Resten geschmiert, die sie mit einem Messer sorgsam von der beschichteten Innenseite der Verpackung kratzte. Und selbst danach war ihr die Verpackung noch kostbar, also faltete sie das Papier zusammen und sortierte es in das Türfach des Kühlschranks, um bei nächster Gelegenheit damit ein Backblech zu fetten. Die Papiere nun wegzuwerfen, war für sie undenkbar. Wir klemmten sie zwischen zwei Teller und verstauten sie in einer der Kisten.

Tagsüber ging meine Mutter zur Arbeit, wie sie es immer tat. Wenn sie zu Hause war, standen nun noch mehr Männer mit Lederschuhen vor der Tür oder in unserer Wohnung, von der Polizei, von einem Bestattungsunternehmen. Ich lief an ihnen vorbei wie durch einen dichten Sandsturm, mit Umzugskisten in der Hand, und hörte nur Satzfetzen, sah nur Ausschnitte eines ganzen Bildes: Hände, Teppichfransen, »Das Auto behalten ...«, Anzughosenknie, Ledergürtel, »Den Sterbequartalsvorschuss können Sie nutzen, um ...«, Zeitungspapier am Boden, Staubflusen, getrocknete Weberknechtleiber und verloren geglaubte Legoteile in den Ecken meines leer geräumten Zimmers, »Wussten Sie, dass Ihr Mann ...«, meine Finger, die sich an den Kanten der Umzugskartons wund rieben. Ich schleppte unsere Sachen die Treppe hinunter in den Hausgang und stapelte sie dort, und als die Männer weg waren, trugen meine Mutter und ich die Kisten gemeinsam zu unserem roten Peugeot 205. Pro Fuhre passten nur drei Kartons in den Wagen, einer in den Kofferraum, zwei auf die Rückbank. Einmal versuchte meine Mutter einen Witz, als wir das Auto wieder vollgeladen hatten und atemlos am Straßenrand standen.

»Na, dabei hätte er jetzt wirklich noch helfen können.«

Mir war, als verwandelte ich mich zu Stein. Als sie meinen erschrockenen Blick sah, begann sie zu weinen. Kein stilles Weinen, sondern ein lautes, verzweifeltes, mitten auf unserer Straße. Sie schluchzte und hustete zugleich, während sie mit der Brust an unserem Auto lehnte, den Kopf gegen das Blechdach gestützt. Ich hatte sie erst einmal in meinem Leben weinen sehen, und das war lang her. Ich ging zu ihr und nahm sie etwas eckig von der Seite in den Arm. So blieben wir, keine Ahnung, wie lange, bis meine Mutter etwas murmelte wie »Geht schon wieder«. Aber es ging noch nicht wieder. Sie griff meine Hand, und wir setzten uns auf den Bordstein. Sie strich mir mit ihrer Hand über den Unterarm, in einer Bewegung von der Ellenbeuge in Richtung meines Handgelenks, dann tat ich es ihr gleich, so wie es beste Freunde in einem Film machten, den wir mal zusammen gesehen hatten.

Ich hätte ihr gern gesagt, wie sehr ich sie liebte. Aber ich sagte nichts. Sie schnäuzte sich.

»Tut mir leid, das war dumm«, sagte sie. »Reden wir lieber nicht von ihm.«

Sie trocknete ihre Tränen. Wir stiegen ein und fuhren los, von diesem Moment an einig darüber, dass wir lieber schweigen wollten über die Geschehnisse, weil der Schmerz sonst bei jedem Wort noch glühender in uns brannte. Es war ein Beschluss, den wir wortlos fassten; ein Vertrag, von uns beiden unterzeichnet mit weißer Tinte. Wir bildeten uns ein, besonders tapfer zu sein in unserer einmütigen Stille, so wie wir auch immer darüber geschwiegen hatten, wie arm wir waren, so wie wir auch immer über jeden anderen Kummer geschwiegen hatten, selbst in den Jahren, in denen wir einander zu Weihnachten nur ausgedachte Geschichten schenken konnten, die wir uns an Heiligabend erzählten.

Irgendwann später hörte ich von japanischen Zen-Buddhisten, die den Begriff »Gaman« verwendeten für das Lebensziel, scheinbar Unerträgliches geduldig und würdevoll auszuhalten. Aber wir schwiegen nicht, um würdevoller zu leben. Wir schwiegen aus Furcht, dem anderen zu dessen Schmerz auch noch den jeweils eigenen zuzumuten. Aber weil jedes Wort der Anfang eines Gesprächs über unseren Schmerz gewesen wäre, sprachen wir so gut wie gar nicht mehr und verschlossen uns voreinander in liebevoller Fürsorge.

Obwohl wir nicht viel besaßen, mussten wir oft fahren. Eine Fahrt dauerte immer nur fünf Minuten: vorbei an der Metzgerei Schmid, am Busbahnhof, dem Schreibwarenladen Glenz, meinem Gymnasium, der Kirche gegenüber, dem Altenstift, dann links in den Parktorweg.

Die Stadt lag wie von der Zeit zusammengequetscht in einem dunkel bewaldeten Tal, schon kurz nach der Mittagszeit verschwand die Sonne hinter den grünschwarzen Fichten, die zu Tausenden ringsum auf den Bergen standen, als würden sie Wache halten. Die ersten Häuser hatte man aus Fachwerk in Schwarz und Weiß in der schmalen Ebene nahe des kleinen Flusses gebaut, und dann, nach und nach, wurde immer dichter und höher und schiefer an die Steigungen des Tales gesiedelt. Im Krieg waren in den Uhrenfabriken der Stadt Bomben und Zünder gefertigt worden, immer wieder war die Stadt deswegen das Ziel von Flugzeugangriffen der Franzosen und

Amerikaner – aber die Piloten übersahen das Tal bei jedem Er-kundungsflug aufs Neue, so schmal war es, und so traf keine einzige Bombe die Stadt.

In einem heruntergekommenen Park mit rostigem Spiel-platzgerät lebten zwei Schwäne in einem Teich, die jeden zu beißen versuchten, der sie füttern wollte. Ringsherum standen mittelalterliche Ruinen auf den Bergen, Burg Schilteck, Burg Ramstein, Burg Falkenstein, Burg Hohenschramberg, Unter-künfte von glücklos marodierenden Raubrittern. Es war die Zeit, in der Frauen noch als Hexen verbrannt wurden.

Kaum einmal kamen Fremde in die Stadt, zu abseits lag sie von jedem Geschehen der Welt. Und wenn doch mal jemand kam, verließen sie die Gegend bald wieder. Fremde wie wir, zugezogen aus einer anderen Stadt, blieben auch nach Jahren noch die »Zugezogenen«. Vielleicht zehntausend Menschen lebten hier, verwoben in einem engmaschigen Geflecht aus gemeinsamem Blut, aus Gewohnheiten und Geheimnissen, und dieses Geflecht war so sorgsam über den Alltag der Stadt gelegt, dass Gäste keinen Zweifel haben konnten, dass es hier wirklich nichts zu sehen oder zu erleben gäbe. Und so schie-nen die engen Straßen nur aus dem Tal hinauszuführen und niemals hinein.

Ich saß bei jeder neuen Umzugsfahrt auf dem Beifahrersitz und schaute aus dem Fenster, es war, als würde ich alle paar Minuten denselben Kurzfilm sehen. Irgendeinen Gegenstand hatte ich immer auf dem Schoß, einen Topf, der nicht mehr in die Kiste mit den Küchensachen gepasst hatte, die Lampe mit dem eingerissenen Lampenschirm, irgendwas klapperte im-mer hinter mir auf der Rückbank, Dinge aus einer alten, ande-ren Welt. Neidvoll hatte ich in Büchern von Kindern gelesen, die ihr Schicksal selbst in die Hand nahmen. Ich hingegen tat gar nichts dazu oder dagegen, was in meinem Leben passierte. Was geschah, geschah ohne mein Zutun.

Das neunstöckige Krankenhaus hatte man in den 60er-Jahren an einen steilen Berghang gebaut, weil in der Ebene kein Platz mehr war. Eine in zwei scharfen Kurven gewundene, steile Straße führte zu einer Schranke. Jedes Mal wieder mussten wir an der Schranke klingeln und den Pförtner um Einlass bitten. Jedes Mal wieder hörten wir missmutiges Stöhnen durch die Gegensprechanlage. Wenn sich die Schranke schließlich öffnete, konnten wir auf ein schmales Betonplateau vor der Eingangshalle fahren, auf das nur zehn Parkplätze passten.

Wir bezogen die Hausmeisterwohnung, ohne Hausmeister zu sein. Der echte Hausmeister, Herr Finkbeiner, lebte gemeinsam mit seiner geheimnisvollen Ehefrau in einem kleineren Apartment neben uns. Unsere Wohnung sei ihm »zu hell«, erklärte er bei unserem Einzug. Seine Frau habe eine seltene Krankheit und vertrage kein Tageslicht.

Die Wohnung roch nach den Menschen, die vor uns hier gewohnt hatten, nach Salbei und alten Polstermöbeln. Wir hatten vier Zimmer, mehr als jemals zuvor und mehr, als wir mit unseren Sachen füllen konnten. Also bekam mein verstorbener Vater auch einen Raum, das »Arbeitszimmer«, in das wir seine Aktenordner und seine Kleidung verräumten. Obwohl es das kleinste Zimmer war, hallte jedes Mal ein Echo durch den Raum, wenn ich eine weitere Kiste mit seinen Sachen darin abstellte. Zum ersten Mal lebten wir in einer Wohnung mit Balkon. Die Wohnung befand sich in einem Spritzbetonblock unterhalb des Parkplatzplateaus. Wenn ein Krankenwagen auf dem Parkplatz über uns wendete, wackelten die vielen Bücher meines Vaters, die wir im Wohnzimmer einsortiert hatten, wieder aus den Regalen.

Meine Mutter hatte das Ehebett als Erstes aufgebaut und beide Matratzen bezogen. Ehe wir in der ersten Nacht in der neuen Wohnung schlafen gingen, nahm sie mich in den Arm und drückte mich. Die Miete war günstiger als in der alten Wohnung. Ich konnte ihren warmen Atem durch mein T-Shirt hindurch spüren. Heizung und Wasser waren an die Strom- und Wasserversorgung des Krankenhauses gekoppelt und kostenlos für uns.

»Weißt du, was das heißt?«

Ich schüttelte den Kopf.

»Das heißt: Hier können wir bleiben«, flüsterte meine Mutter und küsste mein Haar – eine Frau, die immer alles schaffte, aber immer mit allerletzter Kraft. Dann murmelte sie das kurze Gebet aller verzweifelt Hoffenden: »Jetzt wird alles gut.«

Nachts lag ich in meinem neuen Zimmer auf einer Matratze auf dem Boden und betrachtete die savannenfarbene Tapete, auf der exotische Tiere zu sehen waren: lauernde Löwen, stolze Giraffen, Elefanten an Wasserstellen, nervöse Zebras in kleinen Herden, galoppierende Nashörner. Mit meinen zwölf Jahren war ich unentschieden, ob ich die Tapete schön oder peinlich finden sollte, aber wir hatten ohnehin kein Geld für Wandfarbe oder eine neue Tapete, alles blieb, wie es unsere unbekannten Vormieter hinterlassen hatten. Wenn ich die Hand zum Boden ausstreckte, fühlte ich den zu kleinen rauen Knoten gebundenen Teppich, der an meinen Fingerspitzen kratzte.

Kam nachts ein Krankenwagen die Steigung hinauf zu unserem Haus, blendeten seine Scheinwerfer durch die Birke vor meinem Fenster hindurch rauchweiß schweigende Monster und grinsende Feen aus Ast- und Laubschatten an die

Decke meines Zimmers. Ich hatte keine Angst. Ich hatte Gesellschaft. Ich war von Geistern umgeben und hatte mit ihnen zu leben.

Der kürzeste Weg in unsere Wohnung führte am Pförtnerhäuschen und den kritischen Blicken des diensthabenden Pförtners vorbei durch die große Empfangshalle, dann eine Treppe hinab ins Untergeschoss, Stockwerk 01. Ich hätte auch einen der beiden Aufzüge nehmen können, aber meine Mutter hatte mich ermahnt, das nicht zu tun, um die Aufzüge nicht für Krankentransporte zu blockieren.

Unten im Stockwerk 01 stand man in einem Vorraum, in den gerade mal so eine uralte grüne Tischtennisplatte passte, an der sich Zivis und Schwestern die Zeit zwischen den Einsätzen vertrieben. Hinter der Platte teilte sich der Weg, ein Schild wies darauf hin, dass es nach rechts zur Leichenhalle ging.

Hatte da mein Vater gelegen, blaugrau gefärbt wie die erkalteten Toten im *Tatort*?

Ich ging nach links, durch eine schwere Brandschutztür in den Heizungskeller. Der bestand aus einem langen, schmalen Gang, an dessen Wänden endlos viele Wasser- und Wärmerohre, Druckventile, Messstationen, Kontrollanzeigen angebracht waren. Meine Mutter schärfte mir ein, dass ich niemals – bitte, Mischa, wirklich nie! – die Einstellungen an den vielen Hähnen und Rädern verändern dürfe. Alle Armaturen waren sorgfältig mit Aufklebern und Bleistiftbeschriftung markiert, vor manchen hatte ich weniger Respekt (»Warmwasser Stock 3 West 312–324«), vor anderen mehr (»Hauptstrom Notfall A, OP 1–4«). Die Wände und die Decke waren dunkelgrau gestrichen, der Boden aus hellgrauem, staubigem Beton, Neonröhrenlicht strahlte von der Decke, es roch nach altem Leder und irgendetwas anderem, Beißendem: Äther.

Am Ende des Ganges hatte Herr Finkbeiner seine Hausmeisterwerkstatt, auch hier war alles grau gestrichen. Während der Arbeit trug er einen grauen Kittel, der ihm bis zu den Knien reichte, dazu graue Hosen, sodass er manchmal in seiner Werkstatt kaum zu sehen war, obgleich er mitten im Raum stand. Seine Pupillen waren geweitet, wann immer er mich ansah, so sehr, dass sie seine wirkliche Augenfarbe fast verdeckten – Nachtschattenaugen, die etwas Licht zu sammeln versuchten. Vor seiner Werkstatt standen den Gang entlang defekte Krankenbetten, gebrochene Tropfaufhängungen, zerbeulte Schränke, die scheinbar zur Reparatur gebracht worden waren und doch nur aus dem Weg geschafft werden mussten. Was hier stand, blieb für immer. Herr Finkbeiner mochte es nicht, dass ich den Weg vorbei an seiner Werkstatt ging, deshalb huschte ich möglichst rasch an seiner Tür vorbei. Mit einem kurzen Blick sah ich Werkbänke, auf denen sich kaputtes Zeug stapelte, es lief SWF3 aus einem Radio, Elmar Hörig machte Witze, es blendete irgendeine Leuchte von der Decke. Fenster hatte seine Werkstatt nicht. Herrn Finkbeiner selbst sah ich nur selten, aber vielleicht war er doch da, und ich bemerkte ihn nur nicht. War ich an seiner Werkstatt vorbei, kam ich durch eine zweite schwere Brandschutztür in ein Treppenhaus zurück in die weiß gefliese Welt. Ein paar Stufen hinab führten zu unserer Wohnung.

Sola stieg als Letzte aus dem Bus, mit dem die französischen Austauschschülerinnen und -schüler zu ihrem Gegenbesuch in unsere Stadt anreisten.

Einige Wochen zuvor hatte ich zehn Tage bei meinem Gastbruder Olivier gewohnt, so nah an der belgischen Grenze, dass das Gelb der Straßenlaternen nachts bis hinüber in die kleine französische Stadt schien. Oliviers Mutter halbierte für uns zum Frühstück ein Baguette, bestrich es mit Butter und belegte beide Teile mit jeweils einer ganzen Tafel Vollmilchschokolade. Weil ich kaum Französisch sprach und Olivier noch weniger Deutsch, beließen wir es bei freundlichen Gesten und spielten Fußball. Aber weil Olivier ständig in irgendwelchen Sportvereinen Training und wenig Zeit für mich hatte, machte er mich mit seinem Nachbarn bekannt, bei dem ich bleiben konnte, während er unterwegs war. Vincent war ein freundlicher Punk mit aufgestellten Haaren und schwarz umrandeten Augen, er wohnte in einem Dachzimmer bei seinen Eltern, seine Matratze lag auf Holzpaletten. In der einen Ecke seines Zimmers lagen Hanteln mit verschiedenen Gewichten, in der anderen Ecke lehnte seine Plattensammlung. Ich kannte so gut wie keine der Bands seiner Sammlung: The Cure, The Smiths, Big Audio Dynamite, The Stranglers, Tuxedomoon, The Clash – »küüle musique«, erklärte Vincent.

Seine Freundin war Sola, sie war schon 17 und das einzige schwarze Mädchen der Gegend. Ganz sicher war sie auch das erste Mädchen, das mich küsste: Jedes Mal, wenn wir uns sahen, küsste sie mich zur Begrüßung, wenn auch nur auf die Wangen, aber dafür dreimal, zum Abschied ebenso. Andere küsste sie auch zweimal, manche viermal, ich kam nie hinter das System, ließ es aber gern geschehen. Sie fuhr eine alte Vespa ohne Helm. Sie rauchte und trug so gut wie immer Schwarz oder wenigstens Dunkelgrau. Wenn sie in ihren Stiefeln die Straße entlanglief, schien es mir, als würde sie zugleich marschieren und schweben, ihren Rücken hatte sie ganz durchgedrückt, sie war schmal wie ein Strich und doch nie zu übersehen.

Ich war es gewohnt, dass mich ältere Mädchen ignorierten. Sola dagegen betrachtete mich wie einen seltenen Vogel – neugierig, obwohl ich nichts von Interesse zu bieten hatte und meistens schwieg. Vielleicht spürte Sola meinen Kummer, vielleicht war ihr Interesse Mitleid. Jedenfalls sprach sie besser Deutsch als jeder andere Franzose und jede andere Französin, die ich traf. Ihr Akzent klang, als hätte sie den Mund voll Zuckerwatte: Jedes »Ich« war ein »Isch«, jedes »Vielleicht« ein »Vielleischt«. Sie las pausenlos Bücher und schien bei Vincent zu wohnen, jedenfalls war sie immer da.

»*Tu as l'air triste*«, sagte sie zu mir, als wir wieder zu dritt in Vincents Zimmer unterm Dach saßen und Vincent mir anbot, dass ich meine Phil-Collins-Kassette bei ihm lassen könne und er sie mit »*küüle musique*« überspielen würde. Es lief *Lost in the Supermarket* von The Clash.

»Wenn ich einen Zirkus hätte, wärst du darin mein Lieblingsaffe«, sagte Sola.

Vincent grinste, ohne dass er verstanden hatte, was sie sagte. Ich lächelte ihr zu.

In der Ecke lehnte ein zerbrochener Spiegel an der Wand neben Vincents LPs.

Als ich Sola fragte, warum der Spiegel kaputt sei, antwortete sie auf Englisch: »I like it that way. It makes me look the way I feel.«

Sie schaute mich einen Moment lang an, als hätte sie einen Witz erzählt, dessen Pointe ich nicht verstand.

»Das ist aus einem Film, mein kleiner Lieblingsaffe.«

Ich kannte den Film nicht.

»Shirley MacLaine?«

Ich zuckte mit den Schultern.

»*Mon Dieu*, was machst du mit deinem Leben? Wir müssen viel gucken.«

Sola ging in dieselbe Schule wie Olivier, war aber vier oder fünf Klassen über ihm. Wenn ihr was nicht passte oder ihr langweilig war, blies sie die Backen auf. In der Sonne glitzerte ihre schwarze

Haut, als wäre sie mit winzigen Diamanten besetzt. Ihre rechte Hand zitterte gelegentlich, und wenn sie leichte Dinge in der Hand hielt, eine Tasse, einen Stift, eine Schallplatte, wackelten auch die. »Un tic«, erklärte sie. »Gehört zu mir. Manchmal ist er da, manchmal ist er weg.« Wenn sie sprach, war sie laut und bestimmt und leuchtend schön, aber meistens schwieg sie und schaute mir mitten ins Herz, dann war sie noch schöner. Alle fanden sie schön. Immer wieder erklärte sie, wie froh sie um ihre schiefe Nase sei, die nur sie selbst schief fand.

»Ich wollte nie eine andere Nase! Sonst wäre ich ja richtig schön. Mit der Nase bin ich erträglich hübsch. Noch hübscher wäre nur Ärger.«

Natürlich gefiel sie mir von Anfang an, aber eher wie ein Bild in einem Museum, das man nicht anfassen darf, weil sonst die Alarmanlage losgeht. Und das man eigentlich auch gar nicht anfassen mag, weil es bitte genau da bleiben soll, wo es ist. Außerdem mochte ich Vincent, auch wenn er kaum etwas sprach.

So saßen wir meistens schweigend zusammen und hörten Musik, die ich nicht kannte und die entweder sehr traurig oder sehr wütend klang, und die beiden gaben mir das Gefühl, dass ich nichts tun oder sagen musste, um dazuzugehören.

»Vincent, tu m'aimes?«, fragte sie gelegentlich.

»Tu es la plus belle du monde«, antwortete er immer gleich.

Und auch ihre Antwort darauf war immer dieselbe: »Ah, tu me parles avec des mots et moi je te regarde avec des sentiments.«

Jedes Mal küssten sie sich danach und lachten, ohne dass ich verstand, wieso. Aber sie schienen glücklich, und wenn sie sich küssten, hielt Sola Vincents Gesicht in beiden Händen. »Eine gute Kuss braucht zwei Hände!«, erklärte sie mir.

Ich hatte lange keine glücklichen Menschen gesehen.

In diesem Bus, der pünktlich zu unserem Unterrichtsende aus Frankreich bei uns auf den Schulhof aufgefahren war, hatte Sola überhaupt nichts verloren. Es stellte sich heraus, dass Olivier, mein Gastbruder, keine Lust auf die Reise zu mir nach Deutschland gehabt hatte und dass sich Sola als Ersatz für ihn und als Unterstützung für die mitgereisten Lehrerinnen angeboten hatte. Eigentlich war es undenkbar, dass ein Mädchen bei einem Jungen als Austauschkind unterkam – aber offenbar erschien es sowohl den deutschen als auch den französischen Lehrerinnen und Lehrern absurd, dass zwischen dieser 17-Jährigen und dem verhuschten 13-Jährigen irgendetwas Ungehöriges passieren könnte. Sie wurde mir von meiner Französischlehrerin mit einem Schulterzucken als Ersatz für Olivier zugeteilt.

Sola stand vor mir, nur mit einer kleinen Nylontasche als Gepäck. Sie lächelte.

»Mein kleiner Affe!«

Um mich herum fassungsloses Raunen meiner Klassenkameraden.

Dann umarmte sie mich und küsste mich dreimal auf die Wangen. Links, rechts, links.

»Ich bin hier mit dir. Schöne Grüße von Vincent. Er hat dir ein neues Tape gemacht, Maxell Gold, neunzig Minuten, mit viel von The Smiths, kennst du nicht, aber magst du. *Bigmouth Strikes Again* ist küül. Und *Asleep*.«

Sie überreichte es mir.

»Ich wohn bei dir.«

Was würde meine Mutter sagen?

»Okay«, sagte ich.

»Aber ich brauch ein Zimmer für mich. Und da geht nichts zwischen uns, *d'accord*?«

Ich nickte.

Vor nichts auf der Welt haben 13-jährige Jungs mehr Angst als vor hübschen 17-jährigen Mädchen. Die sind erwachsen genug, kaltblütig genug und verschlagen genug, um dir jederzeit das Gefühl geben zu können, dass du absolut ahnungslos bist. Oder noch schlimmer: Luft. Aber sie sind zugleich noch jung genug, um auf absurde Weise erreichbar zu erscheinen. Man traut sich, sich Chancen auszurechnen, selbst wenn man eigentlich weiß, dass man keine hat. Das ist fatal.

Sie grinste, als könnte sie meine Gedanken lesen.

Noch mehr Raunen hinter mir. Troppi, einer der Jungs aus meiner Klasse, rief: »Oh, là, là, Bussi, Bussi von Black Beauty!«

Sola kniff die Augen zusammen und schaute zu Troppi.

»Ah, *oui*, dich kenn ich doch von eurem Besuch bei uns! Gut, dass ich dich wiedersehe. Ich hatte ganz vergessen, wozu ich meinen Mittelfinger hab. Jetzt weiß ich wieder.«

Sie hob langsam ihren Mittelfinger in seine Richtung.

Alle lachten. Sola schaute Troppi herausfordernd in die Augen.

»Hast du Probleme damit, wie ich aussch? Oder bist du nur neidisch, weil ich ihn küsse und dich nicht?«

Alle hörten auf zu lachen.

Troppi verzog entschuldigend das Gesicht, blieb aber stumm.

»Violon de cul«, rief Sola in seine Richtung. Sie schaute ihn immer noch an.

Dann drehte sie sich zu mir und hakte sich bei mir unter. Sie roch nach gesalzenen Erdnüssen. Wir verließen den Schulhof.

»Was heißt Violon de cul?«, fragte ich leise.

»Arschviolin. Sagt man das nicht so?«

Ich grinste. »So ungefähr. Was ist mit Olivier?«

»Ich habe ihm gesagt, er soll keine Lust haben. Aber schöne Grüße von ihm.«

Meine Mutter war noch im Dienst. Auf dem Küchentisch klebte ein gelber Post-It-Zettel: »Salut Olivier!« Und darunter: »Lieber Mischa, machst du Essen? Küsse, Mama«. Ich nahm den Zettel an mich, ehe Sola ihn sehen konnte, und zeigte ihr die Wohnung – das Wohnzimmer, die Küche, mein Zimmer, die Tapete war mir jetzt plötzlich doch peinlich. Am Schlafzimmer ging ich vorbei, ohne die Tür zu öffnen, und führte Sola ins Arbeitszimmer, das wir eigentlich für Olivier vorbereitet hatten. Es stand nicht viel darin: die Umzugskisten mit den Sachen meines Vaters, eine Kleiderstange, die zur Hälfte frei war, ein kleiner Tisch mit einer Lampe darauf, davor einer unserer Küchenstühle. Ein tragbarer Radiorekorder mit Doppelkassettenfach, der meiner Mutter gehörte. Eine Matratze aus dem Ehebett meiner Mutter hatten wir als Gästebett auf den blanken Boden gelegt, aber ich hatte sie immerhin schon bezogen.

Durch das Fenster konnte Sola ins Tal schauen. Einen Moment lang überlegte ich, ob ich ihr erklären müsste, dass sie auf der Matratze meines verstorbenen Vaters schlafen würde. Ich ließ es bleiben.

»*Très joli*«, sagte sie. »Alles da, was ich brauch.«

»Ja, nur kein Telefon.«

Mir fiel auf, dass ich sie immer nur bei Vincent gesehen hatte und nichts über ihre Eltern oder ihr Leben wusste.

»Kein Telefon?«, fragte sie.

»Tut mir leid. Die Wohnung gehört zum Krankenhaus. Auch die Patientenzimmer auf den Stationen haben keins. Wenn du telefonieren willst, musst du in die Empfangshalle gehen, da ist ein Münztelefon.«

Nicht irgendein Münztelefon, dachte ich. Aber ich sagte nichts.

Sola zuckte mit den Schultern. »*Pas de problème*. Dann hab ich Ruhe. Vielleicht geh ich nachher Vincent anrufen.«

»Magst du was trinken?« Ich wollte ein guter Gastgeber sein, aber außer Leitungswasser hatten wir nichts im Haus.

»*Du rouge?*«

»Rotwein? Ich, äh, weiß nicht. Nee. Darfst du schon trinken?«

Ein verständnisloser Blick von ihr. »*Bien sûr.* Ich darf alles.«

Aber wir hatten keinen.

Ich versuchte, einen guten Eindruck zu machen, und kochte zwei Packungen Miracoli-Spaghetti für uns. Als meine Mutter von der Spätschicht nach Hause kam, rührte ich gerade die graugüne Gewürzmischung in die Tomatensoße. Meine Mutter trug noch ihren Stationszweiteiler aus dunkelblauem Stoff, sowohl auf ihrer Hose als auch ihrem Hemd waren getrocknete Blutflecken. Vielleicht war wieder jemand gestorben. Vielleicht hatte sie wieder ein Leben gerettet. Manchmal vermochte sie nach der Arbeit kaum noch die Arme zu heben, weil sie minutenlang einen Patienten reanimiert hatte. Vielleicht arbeitete sie so viel, weil die existenziellen Katastrophen in ihrem Arbeitsalltag all ihren eigenen Schmerz relativierten. Vielleicht war die stoische Ruhe, mit der sie ihren allgegenwärtigen, tinnituspfeifenden Gram schulterte, auch gar Zeichen der Stärke – vielleicht hatte sie nur einfach akzeptiert, dass das Unglück viel mehr Fantasie hat als das Glück.

Dass sie nun statt Olivier einem fast erwachsenen Mädchen gegenüberstand, konnte unmöglich das Seltsamste sein, was sie heute erlebte. Sie blieb in der Wohnzimmertür stehen, als sie Sola sah. Die Erschöpfung in ihrem Gesicht wich einem anderen Ausdruck, den ich nicht einordnen konnte. Erstaunen war es nicht. Entsetzen auch nicht. Sie sah überrascht aus, aber anders als sonst, eher wie jemand, der überraschend einer Bekannten von früher begegnet. Sie schaute zu mir.

Immer noch dieses seltsame Gesicht. Freute sie sich?

Sola ging auf sie zu und reichte ihr die Hand.

»Madame, ich bin Ersatz für Olivier. Sicher ein bisschen komisch. Ich hoffe, es ist gut, dass ich hier bin, auch wenn ich etwas älter bin und ehm ... eine Frau. Ich wurde eingeladen von der Schule, und ich soll mich kümmern um Mischa, aber auch um die anderen.«

Weil meine Mutter kein Französisch sprach, hatte sie sich vorab allerlei Sorgen gemacht, wie sie sich mit Olivier unterhalten könnte. Vielleicht war sie deshalb so erleichtert. Vielleicht war es auch nur die Erschöpfung am Ende des langen Tages.

»Alles kommt immer anders, nicht wahr? Schön, dass Sie hier sind, äh ... Sola?«

»*Oui, Madame.* So heiß ich.«

»Sie sprechen ja sehr gut Deutsch ... sind Sie Französin?«

»Belgierin. Eigentlich komm ich aus die République Zaïre. Da bin ich geboren.«

Das hatte ich nicht gewusst.

»Aber ich lebe schon eine ganze Weile in Frankreich.«

»Und Ihre Eltern haben Sie Sola getauft?«

»Getauft bin ich nicht. *Mes parents* ... richtig heiße ich Melika Solamon Amboulou. Melika heißt ›Engel‹, das hat meinen Eltern gefallen. Und sie mochten sehr die Musik von Solomon Burke, deshalb ist mein zweiter Name ähnlich wie Solomon. Kennen Sie seine Musik? Vielleicht *Everybody Needs Somebody to Love*?«

Meine Mutter schüttelte den Kopf.

»*Cry to Me*? *If You Need Me*?«

Meine Mutter hob entschuldigend die Hände und blickte zu mir.

Sola sah zu mir. »*Got to Get You off My Mind*?«

Ich schüttelte auch nur den Kopf. Nie gehört.

Sola zuckte lächelnd mit den Schultern.

»Er singt sehr schön. Ich spiel Ihnen mal was vor. Ich bin froh, dass ich heiße wie er. In dem Jahr, in dem ich geboren bin, hat Mohamed Ali in meinem Land geboxt, und fast hätten sie mich Ali genannt. Aber dann war die Musik wichtiger als Kämpfen. Und aus Solamon wurde Sola bei allen. Sie können aber auch Melika sagen, *pas de problème*.«

Meine Mutter nannte sie Sola, wie ich auch. Aber sie siezte sie auch in den nächsten Tagen.

#1, 3.8.1990

»Hallo?

Ich hab nur einen einzigen Wunsch, bitte.

Ich weiß gar nicht mehr, wie ... ich habe die Wohnung geputzt und dabei die Lieblingsmusik gehört: ›Fang das Licht ... Halt es fest, schließ es in deinem Herzen ein‹, von Karel Gott und diesem Mädchen. Das Lied hat mich immer fröhlich gemacht. Es ist so lieb.

Die Vorhänge hab ich abgenommen, in der Stube, im Schlafzimmer, in der Küche. Das heißt, nein. In der Küche nicht. Da hatte ich keine Vorhänge. In die Maschine gehen nicht alle auf einmal. Also hab ich die ersten rein, von der Stube. Die anderen lagen auf der Maschine. Dann hatte ich Zeit.

Und da hab ich mich an den Küchentisch gesetzt, um das Silber zu polieren. Das soll man zweimal im Jahr machen, ich halt mich dafür an den Feiertagen fest. Normalerweise. Also mache ich es einmal vor Pfingsten und einmal vor Weihnachten. Es soll nicht stumpf werden. Eigentlich war's zu früh im Jahr. Aber ich hatte Zeit, und die Musik war so schön, und ich dachte: Es wird nicht schaden.

Das gute Mittel war aufgebraucht. Also hab ich das alte Mittel genommen, das noch hinten in der Speis im Schrank war. Mit der Krone auf der Verpackung, ein Fläschchen.

Die Fenster waren offen, der Wind hat die Türen zugeworfen. Ja, es war windig. Ich habe die Fenster geschlossen, aber das war verkehrt, wo schon meine Mutter mir gesagt hatte: Silberpolieren immer bei offenem Fenster. Ich habe mit den Löffeln begonnen. Die Messer sind am leichtesten zu polieren. Die Gabeln am schwierigsten. Das Mittel bleibt zwischen den Zinken kleben, vor allem, wenn es schon älter ist. Das Licht ging aus, wahrscheinlich der Wind. Auch die Musik. Weil ich nicht mehr so gut sehe, seit dem Star, dem grauen, habe ich mich über das Silber gebeugt. Ich erinnere mich noch an den Geruch aus der kleinen Flasche. Er war dicht und klar zugleich. Wie Mandeln und Putzwasser in einem. Mir fiel ein Messer zu Boden, also muss ich mit den Gabeln und den Löffeln schon fertig gewesen sein. Das Messer fiel mir aus der Hand. Ich dachte: Heute bist du dumm. Ich wollte es aufheben.

Als ich mich nach unten beugte, muss ich mir den Kopf gestoßen haben, vielleicht auch beim Aufrichten. Ich weiß es nicht mehr. Mir wurde das Denken schwer. Ich sah den Boden vor mir. Ich griff nach etwas. Ich wollte mich festhalten. Das Fläschchen war es. Ich fiel. Ich lag am Boden und dachte, jetzt schläfst du gleich, in der Küche, was bist du dumm. Es duftete nach dem Mittel, nach Mandeln, aber scharf. So war es. Das Licht ging wieder an, und auch die Musik.

Schön, dachte ich. Ich weiß nicht mehr, welches Lied. Niemand macht die Wäsche, das dachte ich auch. Das Silbermittel muss es gewesen sein. Ach. Ich … ach. Hat jemand die Wäsche gemacht? Wer nimmt die Fini?

Sie soll nicht zur Nachbarin. Das ist mein Wunsch.

Die füttert sie mit Sprühsahne. Das vertragen Katzen nicht. Jedenfalls die Fini nicht.

Vergelt's Gott.«

Samstag, der 6. Juli 1991

ola saß am Morgen mit nackten Beinen und einem langen T-Shirt neben meiner Mutter auf dem Balkon und rauchte. Als ich kam, stand meine Mutter von einem der beiden Sprechzimmerstühle auf, die ich irgendwann mal vor der Werkstatttür von Herrn Finkbeiner geklaut hatte und die bis auf kleine Risse im grünen Lederbezug noch tadellos waren. Sie küsste mich im Vorbeigehen auf den Kopf, obwohl sie wusste, dass ich das nicht mochte, schon gar nicht vor Publikum.

»Ich geh ins Bad.«

Ich setzte mich Sola schräg gegenüber auf die Brüstung und überlegte, ob man sich in Frankreich auch auf die Backen küsste, wenn man sich morgens zum ersten Mal sah. Ich ließ es bleiben. Um ihr nicht zu offensichtlich auf die Brüste zu schauen, schaute ich auf ihre zitternde Hand und die zitternde Zigarette zwischen ihren Fingern.

»Fall nicht.«

»Sagt sie auch immer.« Ich nickte in die Richtung, in die meine Mutter verschwunden war.

Sola schloss die Augen, es war schon halb zwölf, die Sonne hatte Kraft. Aber das Tal war so eng, dass die Sonne schon bald wieder hinter den Bäumen verschwinden würde.

»Komisch, in einem Krankenhaus schlafen ohne Krankheit«, sagte Sola. »Noch komischer ist die Tapete mit Tieren in deinem Zimmer. Aber passt natürlich zu dir, kleiner Affe.«

»Ich hab sie mir nicht ausgesucht, die war schon da.«

»Wie lange wohnt ihr schon hier?«

»Über ein Jahr. Ein Jahr und so …« Ich rechnete, wie lange mein Vater schon tot war. »Ein Jahr und drei Monate.«

Sie nickte stumm und hielt die Augen geschlossen.

Ich erinnere mich, dass ich überlegt hatte, seinen Todestag in meinem Hausaufgabenheft zu markieren, aber dass ich nicht wusste, wie. Mit einem Kreuz? Mit einem Herz? Und dass ich dann dachte: Du wirst den Tag ohnehin nie vergessen. Aber jetzt wusste ich das genaue Datum schon nicht mehr. April, ja. Der achte? Der neunte? Der Tag war nicht wichtig, oder? Oder doch?

»Ich finde es schön, dass du da bist.«

Ihre Augen blieben zu, aber sie lächelte.

»*Je t'en prie.* Der Junge, der ›Black Beauty‹ gesagt hat …«

»Troppi.«

»*Oui.* Er redet *comme un raciste.*«

»Ich weiß nicht. Ich glaube, er hat einfach noch nicht viele Menschen mit schwarzer Haut gesehen. Ich ja auch nicht.«

»Ich mag, dass es dir egal ist.«

»Ja.«

Ich überlegte, ob ich noch was zu Troppis Verteidigung sagen sollte.

»›Black Beauty‹ heißt ›Schwarze Schöne‹, oder? Vielleicht hat er es nett gemeint? Ist ja auch ein Kompliment.«

»Non, mein kleiner Affe. Es ist sicher kein Kompliment. Es ist ein Affront. Ich kann mich nicht entscheiden, ob es mich nur wütend macht oder auch traurig.«

Die Bitterkeit in ihrer Stimme ließ mich verstummen.

Irgendwann hatte ich das Gefühl, etwas sagen zu müssen.

»Tut mir leid.«

»Du hast ja nix gemacht. Und viele reden so.«

Sie hielt die Augen weiter geschlossen und musste doch bemerken, dass ich sie ansah. Es schien sie nicht zu stören.

»Wie geht's dir, mein kleiner Affe?«

Ich zuckte mit den Schultern.

»Wenn dein Gefühl eine Farbe wäre, das wäre welche Farbe?«

Ich überlegte.

»Ist leichter, wenn du die Augen zumachst.«

Ich schloss die Augen. »Dunkelrot vielleicht. Bisschen Blau.«

»*Bon*. Nicht ganz gut, nicht ganz schlecht.«

Jetzt öffnete sie die Augen und blinzelte gegen die Sonne.

»Montag gehst du in die Schule und machst alles ganz laut. Und Dienstag auch. Und Mittwoch auch.«

»Was meinst du?«

»Mach so, dass alle dich hören und alle dich sehen.«

»Ich rede nicht so viel, weißt du ja.«

»*Oui*, mein kleiner Affe, ich weiß. Aber morgen schon. Damit alle wissen, dass du da bist.«

»Warum?«

»Ein Trick. Damit alle sich erinnern an dich. Sei so laut und auffällig, dass es reicht für eine ganze Woche. Weil dann sind wir weg.«

»Wo sind wir?«

»Wir machen ein Abenteuer.«

Ich wusste nicht, was ich sagen sollte, also schwieg ich.

»Normalerweise gehen Abenteuer immer ans Meer, *non*? In den Geschichten im Kino und in den Büchern wollen alle immer ans Meer. Aber meistens enden die Abenteuer schlecht, und einer ist tot. Nicht mit uns. Das machen wir nicht. Wir machen eine Reise nach Halberstadt, das ist nicht am Meer, also endet unsere Abenteuer gut.«

»Wo ist Halberstadt?«

»In eurem anderen Deutschland. Da wartet ein Schatz auf uns. Den finden wir. Und dann sind wir fürchterlich reich und fürchterlich glücklich. Vielleicht fühlst du dann auch wieder gelb und weiß und nicht nur dunkelrot und bisschen blau.«

Wieder gelb zu denken, wäre schön, dachte ich.

»Sag, hast du Geld für die Zug, Halberstadt *aller retour*?«

Ich schüttelte den Kopf.

»*Alors*, wir werden schon was finden. Habt ihr ein Auto?«

»Ja, schon.«

»Groß? Klein? Wahrscheinlich klein, oder? Ist der Tank voll?«

»Das Auto ist … alt. Und rot. Und, äh, klein. Wir fahren nicht viel.«

Meine Mutter tankte immer nur für 10 Mark.

»Der Tank ist wahrscheinlich eher leer.«

Die Sonne erreichte schon die obersten Wipfel der obersten Bäume des Fichtenwaldes gegenüber.

»Man sieht die Sonne untergehen, und dann erschrickt man doch, wenn es dunkel ist«, sagte Sola.

»Findest du?«

»Ich weiß auch nicht. Es klingt einfach schön. Ist nicht von mir. Das hat Franz Kafka in sein Tagebuch geschrieben.«

Sola wischte ihren Zigarettenstummel an der Spritzbetonwand unseres Balkons entlang, um die Glut zu löschen, und hinterließ dabei einen schmalen schwarzen Streifen Asche an der Wand. Es fiel ihr nicht auf oder war ihr egal. Dann schnippte sie den Stummel über die Brüstung ins Dickicht.

»Und heute? Was ist der Programm?«

»Nadine hat Geburtstag. Ein Mädchen aus meiner Klasse.«

»*Deine petite amie*? Deine Freundin?«

»Sie hat die ganze Klasse eingeladen, damit überhaupt jemand kommt. Sie hat Alpakas und einen Pool. Ihre Eltern sind ziemlich reich.«

»Poolparty *avec des alpagas*?«

»Na ja … wenn das so heißt: ja.«

»*Fantastique!*«

Das erste Mal, dass ich mit den Toten sprach, war an meinem 13. Geburtstag, am 3. August 1990. Wobei die Toten eigentlich nur mit mir sprachen. Wir wohnten seit ein paar Monaten im Krankenhaus, April, Mai, Juni, Juli, und ich hatte lang schon begonnen, das Gebäude zu erkunden, Stockwerk für Stockwerk.

Ganz oben, im achten Stock, waren die Privatpatienten untergebracht. Ich verstand nicht genau, was sie von anderen Patienten unterschied – aber meine Mutter senkte jedes Mal ehrfürchtig die Stimme, wenn sie von »denen auf der 8« sprach, so als hätte jeder Patient dort ein Geheimnis. »Aber wenn's ernst wird, kommen sie doch zu uns«, sagte sie. Ich durfte die Station 8 nicht betreten, aber wenn ich von außen durch die Scheiben der Stationstür blickte, sah ich Holz, wo auf den anderen Stationen Plastik verbaut war, und Teppich statt des Gummibodens im restlichen Haus.

Meine Mutter arbeitete auf Intensiv, »4 West«. Hier war die Arbeit für das Personal am anstregendsten, hier wurden die akuten Notfälle angeliefert, die lebensgefährlichen Verletzungen, auch die Hoffnungslosen und alle Frischoperierten aus »4 Ost«. Dort waren die OP-Säle untergebracht. Wenn ich sie auf ihrer Station besuchen wollte, hätte ich eigentlich jedes Mal einen hellblauen Überzug über meine Turnschuhe ziehen und einen Mundschutz aufsetzen, dann die Besucherklingel neben der Stationstür drücken und warten müssen, bis mich jemand in Empfang nahm. Aber ich hatte herausgefunden, dass ich auch einfach eine Seitentür nehmen und durch den schmalen Garderobengang laufen konnte, in dem sich die Pfleger und Schwestern vor und nach ihrem Dienst umzogen.

Die erste Tür rechts auf der Station war der Fäkalienraum. Die zweite Tür war die Teeküche, und wenn da niemand saß, durfte ich mir von den Keksen nehmen, die das Personal den

Patientinnen und Patienten bei der Essensausgabe abgezwackt hatte. Im Kühlschrank stand immer Limo, eigentlich für die Angehörigen der Patienten, die vor Stress oder Sorge in Unterzucker kamen. Aber auch die wurde fast immer von den Angestellten getrunken. Die Gummisohlen der Krankenschwestern quietschten auf dem Gummiboden, und ich machte ein Spiel daraus, zu tippen, zu wem das jeweilige Quietschen gehörte. Lautes, schnelles Quietschen bedeutete, dass viel zu tun war. Die Notklingeln waren auf dem ganzen Stockwerk zu hören, kleine Leuchten über den Zimmertüren gaben zusätzlich Signal, weißgelb für Wünsche der Patienten, orangerot für Notfälle, die von den Maschinen gemeldet wurden, an die die Kranken angeschlossen waren. Ärztinnen, Ärzte, Krankenschwestern, Pfleger gingen mit raschen Schritten von einem Zimmer zum anderen oder standen in kleinen Gruppen, redeten beim Gehen in ihrer geheimnisvollen Sprache, die Sepsis in der 406 am Fenster, das Kolonkarzinom, die Schwierigkeiten bei der atonischen Uterusblutung von Frau Ismaili: »Die Frau wird sterben, hoffentlich wird draußen ihr Baby gut unterkommen«. Eine blande Embolie auf 412, die kann bald wieder zurückverlegt werden. Wenn ich länger warten musste, schritt ich den Gang ab und versuchte, in den Krankenzimmern etwas zu erkennen. Fast immer sah ich nur weiße Bettdecken, blinkende Geräte, verkehrt herum hängende Infusionsflaschen, manchmal hing ein Arm aus dem Bett, oder jemand hatte im Liegen sein nacktes Bein aufgestellt, manchmal wurden die Kranken an mir vorbeigefahren, Alte mit eigenartig fahler Haut, schwarzen Flecken am Körper und dunkelblauen Blutergüssen an den Handgelenken von den Zugängen, die ihnen in aller Eile gelegt worden waren, Frauen und Männer in Flügelhemden und mit weißen Strümpfen, die bis zum Oberschenkel reichten, rasierte, nackte Haut, blutige Pflaster und

Verbände, leere, schicksalsergebene Blicke. Manche von ihnen sahen mich an. Ich muss ihnen als seltsam weltliche Gestalt erschienen sein inmitten der sterilen Umgebung und zwischen den farbcodierten Trachten der Mediziner, aber wahrscheinlich nahmen sie mich gar nicht wahr.

Manchmal hörte ich den Schwestern und Ärztinnen bei der Arbeit zu, Dringlichkeit ließ keine Höflichkeiten zu, die Zurufe waren knapp und hart. »Stuporös, aber kein Trauma eruierbar, aber Pupillen sind sehr weit, erhöhter Hirndruck.« – »Blutgase?« – »Mach ich.« – »ZVK?« – »Ja.« – »Vorsicht.« – »Jetzt kriegt er eine Arterie.«

Während um das Leben gekämpft wurde, war der Tod hier auf fast jedem Zimmer gegenwärtig, immer eine Möglichkeit, nur ein paar Schritte von mir entfernt. Und doch hatte ich noch nie das Gesicht eines toten Menschen gesehen.

Am Ende des Ganges war eine große Fensterfront, eine Glastür führte auf einen Balkon, von dem aus man eine viel bessere Aussicht über das Tal hatte als aus den Fenstern unserer Wohnung ein paar Stockwerke tiefer. Auch dort standen immer ein paar Stühle herum, die anderswo fehlten. Pfleger und Schwestern rauchten hier Entspannungszigaretten und blickten auf den dunklen Wald, der sich in jede Himmelsrichtung bis zum Horizont streckte.

Alle zwei Wochen hatte meine Mutter eine Woche lang Nachtdienst. Auf sieben Nachtschichten folgten drei freie Tage, dann begann der Tagdienst – ein zermürbender Wechsel, mit dem sie ein paar Mark extra verdienen konnte, der sie aber manchmal jenseits der Arbeit völlig orientierungslos zurückließ. Ob es nun Tag war oder Nacht, wusste sie oft erst nach einem Blick auf den Dienstplan.

Die Nachtschicht begann abends um 20 Uhr und endete

morgens um halb sieben. Nachts besuchte ich meine Mutter am liebsten auf der Station. In ruhigen Schichten schoben die Krankenschwestern freie Betten in den Gang vor die Teeküche, legten Decken auf die sterilen Plastikfolienüberzüge und machten es sich gemütlich, spielten Rommé oder quatschten. Ich legte mich gern zu meiner Mutter, unter mir knisterte der Folienüberzug, und ich spürte eine seltsam gestaute Wärme vom Plastik. Manchmal schlief ich ein. Es kam vor, dass sie mich im Lauf der Nacht in eines der freien Patientenzimmer schob und mich erst frühmorgens weckte, kurz vor dem Schichtwechsel. Ehe die »Übergabe« an die Frühschicht begann, musste ich verschwunden sein. Ich bildete mir ein, in diesen Nächten auf Station besonders wild zu träumen – Intensivstationsträume, in denen ich blinkenden Robotern entkommen musste. Während ich verschlafen mit dem Aufzug ins Untergeschoss fuhr und durch den langen Gang im Heizungskeller in unsere Wohnung schlurfte, im Vorbeigehen ein paar Warmwasserhähne für die Leitungen im achten Stock verstellte, beendete meine Mutter ihren Dienst.

Wenn sie etwas später zu mir in die Wohnung kam, war sie ein anderer Mensch. Im Dienst war sie die aufmerksame Schwester Ursula gewesen, gewissenhaft, verlässlich, hellwach. Zu Hause sah ich die Anstrengungen der schlaflosen Nacht in ihrem Gesicht. Bis ich es ihr irgendwann verbot, hielt sie mit beiden Händen meine Wangen und lehnte ihre Stirn an meine. Manchmal gab sie mir noch einen kurzen Überblick über die Ereignisse der Nacht, während wir uns im schmalen Flur auf dem Boden gegenübersaßen, das war unser Platz, hier sprachen wir ausnahmsweise.

»412 ist schon wieder auf die Normalstation verlegt worden, so eine zähe Alte, und als ich sie gefragt habe, ob sie Alkohol trinkt, hat sie vehement behauptet, dass sie noch nie getrunken hat. ›Ihre Leberwerte sagen aber was anderes, Frau Wöhrle‹, sage ich. Ich muss schreien, weil sie so schwer hört: ›Ihre Leberwerte sagen aber etwas anderes!‹ Sie noch mal: ›Ich trinke nie! Später verlangt sie aber zum Einschlafen nach ihrem Klosterfrau Melissengeist, den nehme sie immer, zur Beruhigung. Ich frag sie: ›Wie viel trinken Sie denn davon?‹ Und sie: ›Eine Flasche reicht für zwei Tage!‹ ›Aber das ist sehr starker Alkohol‹, rufe ich. Und sie: ›Nein, das ist nur Melissengeist!‹ Tja, das erklärt ihre Leberwerte. Haben wir gelacht.«

»426 musste insgesamt viermal gewendet werden, dabei ist er so ein Brocken, aber sonst kriegt er einen Dekubitus.«

»Die 406 ist leider gestorben. Meine Rosa.«

Wenn die Patientinnen und Patienten nicht nur eine Zimmernummer bekamen, sondern von meiner Mutter mit Namen benannt wurden, hatte sie irgendeine persönliche Beziehung zu ihnen aufgebaut. »Sich zu vergiften an altem Silberputzmittel. Kurz war sie bei Bewusstsein und sprach von einer Fini, das war wohl ihre Katze, und dann wieder von Sprühsahne. Wir verstanden sie nicht recht.«

Sie atmete tief ein.

»Ihr Tod geht mir ans Herz. Arme Rosa. Weil es so ein dummer, trauriger Tod war.«

Hielt sie jemanden am Leben, war das der Lauf der Dinge oder Glück. Starb jemand auf der Station, während sie im Dienst war, war das für sie immer ihr Fehler. Den Kummer darüber – sowohl über den Tod des Patienten als auch über ihr eigenes angebliches Versagen – nahm sie still zu sich, ein weiteres Päckchen Schuld, steril abgepackt und in einer windgeschützten Ecke ihres Wesens abgelegt. Irgendwo da musste auch noch das riesige Paket liegen, das sie sich nach dem Tod meines Vaters geschnürt hatte und das ihr ständig in die Quere kam wie unerledigte Hausarbeit, dessen Gewicht ihr die Luft zum Atmen nahm und ihr Herz gelegentlich aus dem Takt schob.

»Woran ist die 406 denn gestorben?«, fragte ich.

»Am Ende an einer pulmonalen Hypertonie, Rechtsherzversagen.« Ich versuchte mir alles zu merken, um es später im Pschyrembel nachzuschlagen, einem Fachbuch, das mir dieses geheimnisvolle Ärztelatein erklärte, in dem sie oft unbewusst sprach.

Dann ging sie schlafen.

Wenn ich nach der Schule nach Hause kam, lagen meistens bunte Plastikmarken auf unserem runden Wohnzimmertisch, daneben immer ein Post-it mit einem Hinweis, wann sie aus dem Dienst kommen würde oder geweckt werden müsste, und einem schnell gezeichneten, aber sehr symmetrischen Herz. Mit den Marken in der Hand ging ich hoch in die 5 West, wo kurz vor dem Mandarinengang das Schwesterncasino rechts abging, ein hellbraun getäfelter Raum mit halb toten Zimmerpflanzen, in denen die Angestellten des Krankenhauses ihre Plastikmarken gegen ein Mittagessen tauschen konnten. Das Essen lag fertig portioniert auf Plastiktabletts, lauwarm gehalten von bunten Übertellern. Je nachdem, welche Farbe eine Marke hatte, konnte man sich ein Tablett mit dem entsprechenden Überteller aus einer Warmhaltebox nehmen.

Es war das gleiche Essen, das auch die Patienten bekamen. Grundsätzlich war ein Fleischgericht dabei: Rouladen mit Soße, Spätzle mit Tellerfleisch, Putenbrust mit Kartoffelbrei, sparsam beigelegtes Gemüse hatte stets die unnatürlich reine Farbe von Puppenhausspielzeug. Daneben wurde als »Menü 2« Schonkost angeboten, Essen, das möglichst abwesend sein wollte: Gedünstetes, Salzarmes, Fettfreies, Suppiges, Durchscheinendes, Faserndes, Schwimmendes; Essen, für das man keine Zähne brauchte, das sich nötigenfalls auch inhalieren ließe. In einem Extrabehälter wurde der Nachtisch verwaltet, für den man eine weitere Marke brauchte und der für alle derselbe war, egal ob Fleischmenü oder Schonkost: Mal war es Schokocreme, mal Obstsalat, mal abgepackte Kekse oder ein grüner Apfel.

Die Tische am Fenster des Casinos waren immer als erste besetzt, obwohl draußen nichts zu sehen war außer der Rückwand des Schwesternwohnheims hinter dem Krankenhaus, grau-weiß marmorierter Zweckbaubeton. Ausschließlich und genau zur Mittagszeit konnte etwas senkrechtes Sonnenlicht zwischen den Hauswänden in den Raum leuchten, und weil viele der Pfleger, der Schwestern, der Ärztinnen und Ärzte vor, während und nach dem Essen rauchten, brach sich das Licht in dichten gelben Nikotinschwaden im Raum. Die Zigarettenluft ließ mich mich immer etwas schwummrig fühlen, wie auf einem schwankenden Piratenschiff im Nebel, aber sie erinnerte mich auch an die Autofahrten mit meinem Vater, der – immer am Steuer – beim Fahren Roth-Händle-Tabak zu filterlosen Zigaretten drehte und beim Rauchen das Fenster öffnete, um nach draußen zu aschen. Der Fahrtwind blies den Rauch immer zu mir, ich saß grundsätzlich hinter ihm.

Ich fiel nicht weiter auf im Casino, an Unbekannte war man gewöhnt, auch an solche, die nicht in Dienstuniform eintraten – Weiß war reserviert für Ärzte, Blau für Pfleger und Schwestern. Immer kamen neue Zivildienstleistende, Absolventinnen eines Freiwilligen Sozialen Jahres, AiPs, Hospitanten, ich war ein Gesichtsloser von vielen und nach meinem dritten wortlosen Mittagessen schon Teil der Mannschaft.

Die Tischgespräche waren blutrünstig und ungefiltert, als würden sich Freibeuter nach Monaten auf hoher See in einer Hafenkaschemme unterhalten: blutspritzende Arterien im OP, nicht hinreichend abgeklemmt, komatöser Patient nach falscher

Medikamentierung in der 706, »Sie hat nicht aufgepasst und 2,5 Ramipril gegeben, obwohl die ACE-Hemmer-Allergie doch im Befund war!«, Volltrottel auf der 2 Ost, impertinente Schwester mit dickem Arsch, die alles besser weiß, wo hat der nur sein Examen gemacht, die vögeln bestimmt wieder in der Umkleide, Dienstplan eine Katastrophe, Thromboseprophylaxe schon wieder vergessen auf der 236, nein! wenn ich's sage, kann er auch gleich mit Gartenhandschuhen in den OP kommen, dann musste ich sägen, das Bein sah fies aus, ich sag dir.

Für Mitleid war hier nie der Ort.

Ich stocherte in meinem Fleischmenü, hatte das Erdkundebuch vor mich gelegt und tat so, als würde ich nicht zuhören.

Auch an meinem Geburtstag musste meine Mutter arbeiten, Spätschicht, aber sie hatte mir 20 Mark geschenkt, ein Vermögen. In der Eingangshalle des Krankenhauses war ein kleiner Kiosk, bei dem man Rätselhefte, fertig gebundene Blumensträuße und Gummibärchen kaufen konnte – allerdings in viel kleineren und trotzdem teureren Tüten als im Supermarkt. Egal, es war mein Geburtstag, und ich hatte Geld.

Die Eingangshalle war eigentlich keine Halle, eher ein weitläufiger, nicht besonders hoher Raum mit schwarz poliertem Steinboden, ein paar Kunstledersesseln und den Gummibäumen, die bis zur Decke reichten und sich von dort schon wieder nach unten bogen. Hinter einem kleinen Wasserbecken an der Stirnseite des Raumes war eine große dunkelbraune Relieftafel zu sehen, groß wie ein Handballtor, auf der ein muskulöser, bärtiger Mann mit zwei Riesenschlangen kämpfte. Ich mochte das Bild und stand oft davor. Es war offensichtlich, dass er seinen Kampf verlieren würde, aber er wollte sich nicht ergeben, seinen Mund hatte er zu einem Schrei geöffnet, er schaute zum Himmel. Zwei Jungs in meinem Alter standen neben ihm und waren auch schon von den Schlangen umfangen, auch sie kämpften noch und schrien stumm. Ich bildete mir ein, dass der Mann zuallererst um die Jungs kämpfte, wahrscheinlich seine Söhne, und schon lange nicht mehr um sich. Neben dem Relief waren mächtige Metalltüren eingelassen, der Eingang zur Krankenhauskapelle.

Es waren kaum Menschen in der Halle unterwegs, und die wenigen, die da waren, schwiegen oder flüsterten. Das Leid macht Menschen leise. Neben den Metalltüren zur Kapelle war in einem kleinen Kabuff ein Münztelefon untergebracht. Die Wände des Raumes waren bis zur Decke mit dünnen, hellgelb lasierten Holzstreben verkleidet, in die Telefonierende kleine, schiefe Nachrichten geritzt hatten, S+L, in ein ungleiches Herz gerahmt, SS-Runen oder HSV. Zu jeder Zeit war die Luft dick und schwer, es roch nach Schweiß und Kummer. Aus der Wand konnte man eine rot gepolsterte Sitzfläche herausklappen. Neben dem Münzschlitz des altmodischen, rechteckigen Apparates war die graue Oberfläche an einer Stelle zu einem silbern schimmernden Fleck abgerieben – auch so eine Sache, von der ich nie wusste, ob sie wirklich funktionierte oder nur ein Mythos war: Wenn die eingeworfenen Münzen durchfielen, rieben Menschen ihre Geldstücke kurz und schnell gegen das Metall des Apparates, um sie gleich darauf noch mal einzuwerfen. Blieb das Geldstück danach im Apparat, hatte sich die Methode bewährt. Fiel das Geldstück erneut durch, war das nicht etwa ein Gegenbeweis. Man hatte nur nicht fest genug gerieben.

Ich hatte mir eine zu kleine Packung Gummibärchen gekauft und lief Richtung Telefonzelle, ich hatte jetzt Kleingeld in der Tasche, aber mir fiel niemand ein, den ich hätte anrufen wollen. Außerdem waren meine Klassenkameraden alle in den Urlaub gefahren, die Sommerferien hatten schon angefangen.

Als ich vorbeischlenderte, klingelte das Telefon.

Ich stutzte. Ich hatte noch nie von einem Münztelefon gehört, das man anrufen konnte, und dieses hier hatte noch nie geklingelt. Ich nahm den Hörer ab und spürte den harten Kunststoff an meinem Ohr.

»Vielen Dank, dass Sie dieses Gespräch annehmen«, sagte eine weibliche Tonbandstimme verbindlich. »Das folgende Gespräch dauert 34 Sekunden. Wir bitten Sie, dem geäußerten Wunsch im Rahmen Ihrer Möglichkeiten zeitnah zu entsprechen.«

Ich hielt den Atem an.

Es klickte in der Leitung.

»Hallo?«

Eine ältere Frauenstimme.

Ehe ich antworten konnte, sprach die Frauenstimme weiter.

»Ich hab nur einen einzigen Wunsch, bitte.«

Ich hatte Gummibärchengeschmack im Mund und hörte der Stimme zu. Ich presste den Hörer so fest an mein Ohr, dass er sich heiß anfühlte.

Ganz und gar unmöglich.

Ich fixierte eine Stelle auf einer Holzstrebe, auf der jemand mit Filzstift schiefe Kreise gekritzelt hatte, die sich leicht überschnitten.

Das kann nicht sein.

Das war Rosa, die 406. Aber sie war tot.

Meine Mutter hatte es mir erzählt, ganz sicher. Das Silberputzmittel. Die Katze.

Rosa ist tot.

Wie es die Tonbandstimme angekündigt hatte, wurde das

Gespräch nach kurzer Zeit unterbrochen. Zu hören war nur noch ein gleichmäßiges leises Tuten.

Tut-tut-tut-tut.

Ich hielt den Hörer noch eine Weile ans Ohr gepresst und ließ mich nach hinten fallen, bis ich an der Seitenwand lehnte.

Es ging alles so schnell.

Das vertragen Katzen nicht.

Meine Hand zitterte, als ich den Hörer schließlich sinken ließ und ratlos auf den Telefonapparat blickte. Würde er gleich noch mal klingeln? Sollte ich jetzt weggehen?

Tut-tut-tut.

Ich hob den Hörer noch mal an mein Ohr.

»Hallo?«, fragte ich.

Tut-tut-tut-tut.

Natürlich keine Antwort.

Mir war heiß.

Hat jemand die Wäsche gemacht? Wer nimmt die Fini?

Mir schien, als wäre ich mit einem Mal ein Teil des Reliefs draußen in der Halle geworden. Neben dem bärtigen Mann und seinen Söhnen, die auf ewig mit der Schlange kämpften, stand nun auch ich, erstarrt wie sie, mit einem Telefonhörer in der Hand, dessen Schnur sich um meinen Hals wand.

Jedes Wort der Anruferin hatte ich behalten.

»Was ist jetzt?« Ein junger Pfleger, den ich schon ein paarmal an der Tischtennisplatte im Untergeschoss gesehen hatte, öffnete ungeduldig die Tür des Telefonkabuffs. »Wie siehst du denn aus? Hat dich deine Freundin abserviert oder was? Oder du sie?«

Ich schüttelte den Kopf, hängte den Hörer auf die Gabel und drängelte mich an dem Pfleger vorbei aus dem kleinen Raum heraus.

Seit mein Vater gestorben war, schien mir gar nichts mehr undenkbar. Schlimmer, leerer, schwärzer konnte es nicht werden, das Schlimmste, Schwärzeste war schon geschehen.

Mit einem Mal erinnerte ich mich, dass ich die Füße und die Unterschenkel meines Vaters unter einer Decke hervorragen sah, als er schon tot war. Und wie ich dachte: Er ist tot – und zugleich dachte: Er ist nicht tot, er kann nicht tot sein, da sind doch seine Füße, das sind doch seine Beine, das ist doch der Beweis, da liegt er doch, er ist doch noch da, bitte, helft ihm doch. Helft mir doch.

Aber es war niemand da, um mir zu helfen, und wo der Tod war, war das Ende. Bis mich nun dieser Anruf erreichte. Plötzlich eröffnete sich mir eine Möglichkeit, von der mir alle gesagt hatten, dass es sie niemals geben könne. Vielleicht war mit dem Tod doch nicht alles vorbei. Vielleicht. Weil ich, bitte. Nur kurz. Bitte. Nachdem ich die Beine meines toten Vaters gesehen hatte, lag ich nachts in meinem Bett und betrachtete meine eigenen Beine, ich fand sie ähnlich, nur mit weniger Haaren, und konnte mich nicht entscheiden, ob mich das tröstete oder schmerzte.

Ich entschloss mich, der Frau am Telefon zu helfen, so gut ich konnte.

Es dauerte zwei Tage, bis ich aus den achtlos herumliegenden Krankenakten auf Intensiv, Nachfragen wie nebenbei bei meiner Mutter und ein paar belauschten Gesprächen beim Mittagessen im Krankenhaus den Nachnamen der Frau und ihre Adresse beisammenhatte.

Am Brestenberg 28 war ein Haus am anderen Ende des Tales, in der letzten Straße vor einem steilen Anstieg aus Rotliegendem, auf dem nur karge Büsche wuchsen, ehe dann weiter oben auf dem Berg die Fichten ihre Schatten warfen. Ich kannte die Straße, weil ich sie immer schon gemieden hatte. Zwei Häuser weiter wohnten die Heckler-Zwillinge, Klassenkameraden aus der Grundschulzeit, die angeblich zweieiig waren, sich aber wie eineiige Geschwister glichen. Kantige Jungs, ein Jahr verspätet eingeschult und damit älter als alle anderen, ihre Eltern führten die beste Metzgerei in der Stadt. In der vierten Klasse terrorisierten sie die ganze Schule mit der »Heckler-Quetsche« und dem »Heckler-Kracher« – einer hielt das Opfer im Schwitzkasten, der andere verpasste ihm Schläge mit den Fingerknöcheln auf den Hinterkopf. Mit einem der Heckler-Zwillinge hätte man es notfalls aufnehmen können, aber sie tauchten immer gemeinsam auf, und gegen beide zusammen war jedes andere Kind der Schule chancenlos. Nur gegen Hanuta (immer wenigstens zwei) oder Panini-Bilder von Nationalspielern ließen sie von uns ab. Sie hatten immer als Erste ihre Fußballalben vollgeklebt. Wer nicht bezahlen wollte, musste versuchen, ihnen aus dem Weg zu gehen.

Ich klingelte bei Kesseler.

Rosa Kesseler.

Es machte niemand auf.

Ich klingelte bei Siebmann, zweiter Stock, über Kesseler.

Es gab keine Gegensprechanlage. Der Türöffner summte, ich drückte gegen die Tür und trat in den Hausflur ein. Ich hatte keinen Plan. Wie sollte ich jemandem eine Katze wegnehmen? War sie überhaupt hier?

Wer nimmt die Fini? Sie soll nicht zur Nachbarin. Das ist mein Wunsch.

Als ich durchs Treppenhaus lief, hörte ich von weiter oben die laute Stimme einer alten Dame. »Wer ist da?«

Ich antwortete nicht und stieg die Stufen hinauf. Dann rief die Stimme plötzlich, überrascht und furchtsam zugleich: »Bleib

hier! Fini! Sapperlot! Nein! Halt!« Dann ein ängstliches Krei-
schen in meine Richtung: »Ist unten zu?«

Mir kam eine schwarz-grau gestreifte Katze entgegengesprun-
gen, sie nahm immer mehrere Stufen auf einmal und rutschte
auf den blanken Holzstufen der Treppe. Sollte wirklich jemand
vorgehabt haben, Fini mit Sprühsahne zu mästen: Noch drohte
keine Gefahr für das Tier. Fini war drahtig und schmal wie
eine Wildkatze und sehr schnell.

»Fini!«, schrie es von oben. Und dann wieder: »Ist unten
zu?«

Fini hatte es eilig, sie war schon im ersten Stock angekommen. Wenn bei Kesseler ihr altes Zuhause gewesen war, hatte
sie damit bereits abgeschlossen, jedenfalls machte sie keine
Pause vor der Wohnungstür, sondern sauste weiter nach unten.
Ich ging in die Knie, um sie festzuhalten, aber sie beachtete
mich nicht und rannte an mir vorbei Richtung Haustür. Aber
die war zugefallen. Fini saß in der Falle. Eine ältere Frau lurte
von oben übers Treppengeländer und schrie immer weiter
nach der Katze. Von mir konnte sie noch nicht viel gesehen haben. Ich lief der Katze hinterher, nahm sie an der Tür auf den
Arm, sie ließ es geschehen, und wir verließen das Haus.
Draußen rannte ich mit Fini die Straße entlang, um zwei Haus-
ecken, in die Sängerstraße. Als wir außer Sichtweite waren,
lehnte ich mich gegen einen Laternenmast, schnaufte vor An-
strengung und Aufregung. Fini musste ich mit beiden Händen
halten, sie wand sich in meinem Griff. Als ich sie mit einer
Hand streicheln wollte, hieb sie mir mit den Krallen der rechten Pfote quer übers Gesicht.

»Ey!« Ich ließ sie los.

Fini sprang zu Boden und verschwand um die nächste Ecke,
ohne sich noch mal umzuschauen.

Hatte ich den Auftrag erfüllt?

Hatte ich Gutes getan?

Meine Backe blutete. Die Katze war weg.

Seit meinem Geburtstag rief immer sonntags ein weiterer Toter an. Ich ging immer wieder ans Telefon. Manchmal verstand
ich die Toten, manchmal nicht. Sie machten mir keine Angst,
bis auf einen. Sie erzählten von sich, und ich blieb stumm,
wenn ich den Hörer abnahm, obwohl ich viele Fragen hatte:
Wie sieht es bei dir aus? Wo bist du? Sind da noch andere?
Trägst du, was du trugst, als du beerdigt wurdest? Oder bist du
nur noch eine Stimme ohne Körper? Weißt du, was du bist?
Warum rufst du mich an? Weißt du, wer ich bin? Was geschieht, wenn ich dir helfe? Kannst du mich sehen? Gibt es den
Himmel, und weißt du von der Hölle?

Aber ich wollte ihnen von ihrer kurzen Zeit nichts nehmen,
und ich wusste außerdem nicht einmal, ob sie mich überhaupt
hören konnten. Nie boten sie mir eine Gegenleistung an, nie
fragten sie, wer ich sei. Alle schienen in dem Krankenhaus gestorben zu sein, in dem ich lebte. Wenn ich konnte, erfüllte ich
ihre Wünsche. Nie erzählte ich jemandem davon. Wenn ich
meine Aufgaben gut erledige und darüber schweige, so dachte
ich, werde ich vielleicht irgendwann belohnt.

Und dann würde mein Vater anrufen.

Nadine Wolfram war die Klassenbeste, oder die Klassenstrebe-
rin, je nachdem, wen man fragte. Sie war sehr klug und sehr
hübsch, ihr schulterlanges blondes Haar trug sie zu einem
Pferdeschwanz gebunden. Ihr einziger Makel war eine Brille
mit dickem Glas, durch das ihre weitsichtigen hellblauen Augen
unheimlich vergrößert zu sehen waren. Sie hatte in allen Fä-
chern eine Eins, selbst in Sport. Sie war nicht groß, aber mus-
kulös und angstfrei, als einziges Mädchen der Klasse traute sie

sich vom Schwebebalken mit einem Salto abzugehen. Wenn sie im Unterricht die Antwort auf eine Frage wusste, meldete sie sich. Nicht aus Ehrgeiz, sondern weil es ihr eine Selbstverständlichkeit schien. Der Gedanke, mal die anderen machen zu lassen, kam ihr nicht. Die Sorge, dem Rest der Klasse auf die Nerven zu fallen, kannte sie nicht. Ihr Selbstbewusstsein war unerschütterlich, das lag vielleicht auch an dem Busen, den sie schon hatte. Die Jungs in der Klasse balgten sich um den Platz in der Sitzreihe schräg hinter ihr, von dem aus man an Sommertagen durch den Ärmel ihres T-Shirts auf ihre Brüste sehen konnte, wenn sie sich meldete. Natürlich bemerkte sie die Blicke, meldete sich aber weiterhin verlässlich wie großzügig. Bat man sie um Hilfe, half sie. Sie ließ bei sich abschreiben. Dass jemand sie nicht mögen könnte, war ihr unerklärlich. Bestimmt war die allgemeine Abneigung gegen sie vor allem Neid, aber sie lag auch darin begründet, dass Nadine immer auch ihre Missbilligung zeigte, wenn sie jemandem aushalf – ein Augenrollen, ein Seufzer –, als sei ihr völlig unklar, warum man nicht alle Dezimalbrüche berechnet hatte, die zu berechnen waren. Sie ließ uns spüren, dass sie uns überlegen war.

Während der Stunden saß sie aufrecht wie eine Soldatin auf ihrem Platz in der ersten Reihe, niemals berührte ihr Rücken die Lehne des Stuhls. Wenn sie mal aus der Fassung geriet, dann darüber, dass sie als Linkshänderin beim Schreiben gelegentlich ihren Aufschrieb verwischte. Sie bewegte sich durchs Leben wie jemand, der zu Hause ein Zimmer hat, das »Bibliothek« heißt und in dem Ledersessel und ein Billardtisch stehen.

Und so war es ja auch.

Zu ihrem 13. Geburtstag hatte Nadine die ganze Klasse eingeladen, alle hatten zugesagt – außer Turo, der in der Schule neben mir saß und der die Wohnung seiner Mutter außer zur

Schule fast nie verließ: »Zu viele Menschen da draußen«, erklärte er mir. Seit der Scheidung seiner Eltern blieb er für sich, hörte Wagner-Opern und übte stundenlang auf seiner Oboe. Alle mochten Turo, aber er mochte kaum jemanden, außer Herbert von Karajan, Paul McCartney, Diego Maradona, Gustav Mahler und mich.

Nadine bewohnte mit ihren Eltern eine große Villa mit Pool, im Garten hielten ihre Eltern zwei Alpakas. Das wollten sich nicht mal diejenigen entgehen lassen, die sonst über sie lästerten. Ihr Vater war Chefarzt in der Chirurgie im Krankenhaus meiner Mutter, Dr. Wolfram. Über Ärzte, mit denen sie zu tun hatte, sprach meine Mutter immer schlecht. Sie waren grundsätzlich wenig kompetent, verabreichten Patienten stets zu hohe oder zu niedrige Dosen eines Medikaments oder gleich das falsche. Sie waren zu selten ansprechbar oder »schon wieder im Urlaub«, fuhren zu teure Autos oder zu teure Rennräder, waren nicht belastbar, dafür aber braun gebrannt, hatten »sich selbst das Rückgrat rausoperiert« oder schienen ihr emotional verkümmert. Aus ihr sprach der Neid auf Menschen, die es im Leben leichter zu haben schienen als sie – und der Frust über Menschen, deren Entscheidungen sie als Krankenschwester ohne Widerspruch zu folgen hatte, selbst wenn sie es besser wusste.

Dr. Wolfram kam vergleichsweise ungeschoren davon: Wie seine Tochter war er fleißig, kompetent und hatte tadellose Manieren, er brachte zum Dienst sogar regelmäßig Kaffeepulver für die Station mit.

Als ich ihr erzählte, dass ich bei Nadine zum Geburtstag eingeladen war, zögerte meine Mutter. Sie wusste, dass ich mit Nadine in einer Klasse war, aber ihr schien jede weitere Vermischung meines Schülerlebens mit ihrem Arbeitsleben ungehörig. Sie hatte ihre Welt zur Sicherheit in Döschen sortiert, und hier drohte etwas ins falsche Döschen zu geraten.

Erst als ich erzählte, dass die gesamte Klasse eingeladen sei und dass Sola auch mitkommen würde, war sie beruhigt. Sie bügelte mein T-Shirt und meine Hose, ehe ich zu der Feier gehen durfte. Und bestand darauf, das Geschenk für Nadine – … *But Seriously* von Phil Collins auf Kassette – selbst einzupacken. Ich sollte einen guten Eindruck machen.

Nadines Party war die beste Party aller Zeiten.

Im Pool schwammen bereits zahllose bunte aufblasbare Plastiktiere, als Sola und ich ankamen. Die Alpakas sahen aus wie Schnuffeltiere, ließen sich streicheln und futterten geduldig, was auch immer wir ihnen vor die Nase hielten. Es gab Cola und Fanta und Bowle, so viel wir wollten, dazu Chips, Erdnussflips, einen Schokoladenbrunnen, in den wir Obst tauchen konnten, Würstchen, Fleischklopse, immer neue Flaschen Ketchup und Angestellte mit weißen Schürzen, die wortlos unsere leeren Flaschen und Teller abräumten, wo auch immer wir sie hinstellten. Das riesige Haus war prächtig geschmückt, Girlanden buchstabierten N-A-D-I-N-E bunt und quer durch den Empfangssaal im Erdgeschoss. Die Holzdielen des alten Anwesens knarzten wie in einem Schloss, Frau Wolfram begrüßte jede und jeden aus unserer Klasse herzlich und mit Namen.

»Nehmt euch, was ihr wollt, habt Spaß! Wenn ihr baden wollt, könnt ihr euch im Badehäuschen umziehen, Jungs rechts, Mädchen links.«

Die meisten hatten ihre französischen Gastschülerinnen und Gastschüler mitgebracht. Dass sich dadurch die Zahl der Besucher spontan fast verdoppelte, schien Wolframs nicht zu kümmern.

Sola reichte Frau Wolfram höflich die Hand.

»Ich bin auch von dem Austausch und passe auf«, erklärte

Sola wieder mit diesem souveränen Lächeln, mit dem sie schon meine Mutter für sich eingenommen hatte.

»Sehr schön, Sie bei uns zu haben«, antwortete Frau Wolfram, erfreut, dass sich hier offenbar jemand darauf verstand, Konversation zu machen.

»Ein sehr schönes Haus haben Sie.«

Frau Wolfram nickte zufrieden.

Nadine nahm die Geschenke entgegen, ohne sie auszupacken – so wie es Menschen machen, die schon alles haben. Sie mahnte uns, den zweiten Stock der Villa nicht zu betreten, dort lebe ihr Großvater, und der brauche seine Ruhe, er sei schon sehr alt. Sie sprach von ihm wie eine Gläubige von Gott, mit seltsamer Ehrfurcht und leiser Stimme, aber wir stellten keine Fragen, hier unten gab es genug zu sehen. Ich hatte den Großvater noch nie gesehen, aber schon von ihm gehört. Er war bereits einige Male auf der Station meiner Mutter gewesen, immer war die gesamte Belegschaft in Aufregung, weil »der Vater von Dr. Wolfram« ein Bett benötigte und weil es dem Personal Beweis für die eigene Kompetenz schien, dass der Chefarzt seinen Vater hier in Obhut gab, statt Kontakte spielen zu lassen und ihn in die Uniklinik nach Freiburg einweisen zu lassen.

Es gab zu viel Torte, laute Musik, wir schubsten uns gegenseitig in den Pool und tauchten zwischen rosafarbenen Plastikflamingos nach Spielzeugtalern, die wir bei Nadines Eltern gegen kleine Geschenke tauschen konnten. Dr. Wolfram saß in langen Hosen, Hemd und einem hellblauen Jackett etwas abseits neben dem Büfetttisch, strich mit einer Hand über seinen Bart und versuchte, Teil der Veranstaltung zu sein, ohne mit den Vorgängen auf seinem Grundstück etwas zu tun haben zu müssen. Auch Sola saß abseits im Schatten. Ich wusste, dass sie ihren Bikini unter der Jeans und der weißen Bluse trug, und nicht nur ich hätte viel dafür gegeben, dass sie mit uns schwamm, aber das kam ihr offensichtlich nicht in den Sinn. Die dicken weißen Badetücher, die im Poolhaus gestapelt lagen, waren aus dem weichsten Stoff, den ich in meinem Leben berührt hatte.

Höhepunkt der Party war eine Schnitzeljagd, bei der verschiedene Puzzlestücke aus Pappe im ganzen Haus und im Garten versteckt waren, deren Ganzes eine mathematische Aufgabe ergab, die wir in zwei Teams lösen sollten. Es traten Mädchen gegen Jungs an, um an die Zahlenkombination einer Schatztruhe zu kommen. Wir waren in einem Alter, in dem uns ein Wettkampf zwischen den Geschlechtern schon eine Spur albern vorkam, aber auch nur einerseits. Andererseits war die Idee absolut reizvoll.

Alle Dinge in der Villa hatten mehr Gewicht als die Dinge in unserem Haushalt: Bücher, hinter denen ich nach den Puzzlestücken suchte, waren in schweres Leder eingebunden und fast mühsam zu halten, ganz anders als die windigen Taschenbücher bei uns. Saft wurde aus wuchtigen Karaffen ausgeschenkt. Die Nagelschere, die ich im Bad aus Versehen von einem hübschen Schränkchen wischte, war aus irgendeinem massiven Metall gefertigt, statt wie bei uns aus leichtem Metall. Sie lag in meiner Hand wie ein Goldbarren, als ich sie aufhob. Wie muss das Leben wohl sein, wenn alle Dinge um einen diese angenehme, dichte Schwere haben?

Irgendwann war ich mir sicher, das ganze Haus abgesucht zu haben, und stürmte nur in Badeshorts und ohne an das Verbot von Nadine zu denken in den zweiten Stock hinauf, um dort zu suchen. Kaum stand ich in dem breiten Flur, von dem sechs oder sieben Zimmer abgingen, öffnete sich eine der

Türen, und ein sehr alter Mann blieb im Türrahmen stehen. Mit einer Hand hielt er sich an dem dunklen Holz fest. Wie Dr. Wolfram trug auch er ein hellblaues Jackett, dazu ein weißes Hemd und eine passende Krawatte – aber keine Hose. Vom Bauch an abwärts war er nackt. Sein Glied hing schlaff unter seinem Oberhemd hervor. Er lächelte freundlich, als wäre an der Situation nichts Ungewöhnliches, aber seine Augen waren kaltes, graues Eisen.

»Na? Besuch für mich?«

Ich bekam kein Wort heraus und vergaß zu atmen. Irgendeine mächtige Kraft drückte auf meine Brust.

Er neigte langsam den Kopf zur Seite.

»Komm ruhig rein!«

Er drehte mir den Rücken zu, ging zwei langsame Schritte und winkte mich mit einer Hand über die Schulter zu sich. Ich sah seinen nackten Hintern. Vor ihm stand auf einem dreibeinigen Stativ eine Fotokamera mit gewaltigem Objektiv, die in Richtung Garten geneigt war.

Ich machte erst einen Schritt nach vorn, weil ich es gewohnt war, den Anweisungen von Erwachsenen zu folgen. Dann blieb ich doch stehen und wusste nicht, wohin. Ein Waldtier im Scheinwerferlicht.

Er wandte sich wieder zu mir um, und auch die fünf Schritte zwischen uns waren mir plötzlich viel zu nah.

»Du bist mir aufgefallen.« Er spuckte kleine Tropfen beim Sprechen in meine Richtung. »Eher der ruhige Typ, ja? Gebügeltes Hemd hattest du an, als du ankamst, immerhin. Hat deine Mama gebügelt, oder? Sollst einen guten Eindruck machen bei uns, was? Aber weißt du«, er machte eine kurze Pause und lächelte, »ich vergleiche nicht. Ihr gefallt mir alle. Das Vergleichen ist das Ende des Glücks und der Anfang der Unzufriedenheit. Sag, wie alt bis du?«

Das Fenster war offen. Von draußen hörte ich meine Klassenkameradinnen und Klassenkameraden johlen. Jemand hatte den Schatz entdeckt.

Ich trat einen Schritt zurück, zitterte vor Kälte und Furcht und kam mir absurderweise viel nackter vor, als er es war. Plötzlich hörte ich ein Geräusch neben mir, und als ich es wagte, mich kurz zur Seite zu drehen, sah ich Nadine, die an der Treppe stand. Sie winkte mich mit schnellen Bewegungen zu sich. Sie hatte sich ein T-Shirt über ihren Bikini gezogen.

»Tut mir leid, ich …«

»Wir müssen los, Großvater«, rief sie laut durch den Gang, ohne ihn sehen zu können. Dann lief sie ein paar Schritte auf mich zu und nahm mich bei der Hand.

»Lass ihn!«

Ich war mir nicht sicher, ob das ihm oder mir galt.

Nadine zog mich vom Stockwerk ihres Großvaters weg und eine Treppe hinunter auf ein Zwischengeschoss. Dort schob sie mich in ein Zimmer und schloss die Tür hinter uns.

Ich zitterte noch immer.

»War das dein Opa?«

»Ja.«

»Er … war nackt.«

Ihre Augen hinter den Brillengläsern kamen mir noch größer vor als sonst, aber sie schien eher durch mich hindurchzusehen, als dass sie mich ansah – als würde sie Kontakt halten zu einem unsichtbaren Wesen hinter mir. Ihr Brustkorb hob und senkte sich schnell, abgesehen davon schien sie ganz ruhig.

»Was ist mit ihm?«, fragte ich nach.

Statt zu antworten, stellte sie eine Gegenfrage. »Was hast du da oben gemacht?« Plötzlich war ihre Stimme schneidend kalt.

»Ich hab das fehlende Puzzlestück für den Schatz gesucht.«

Sie holte Luft, aber ich ahnte schon, was sie sagen wollte.

»Ich weiß, dass du gesagt hast, dass wir da oben nicht hinsollen. Ich dachte, das wäre vielleicht ein Trick.«

Sie nickte sich selbst zu. Erst dann blickte sie mir wieder direkt in die Augen, mit einem Mal ganz freundlich.

»Wenn du … wenn du niemandem von Großvater erzählst, lass ich dich meine Brüste anfassen.«

Ich hielt den Atem an. Ich hatte noch nie die Brüste eines Mädchens berührt. Ich hatte davon geträumt, sicher, aber ich hätte mir nicht träumen lassen, dass sich die Möglichkeit tatsächlich bieten würde, jedenfalls nicht, ehe ich einen Mofa-Führerschein hätte. Natürlich wollte ich. Ihr nackter Opa war mir plötzlich egal.

Ich nickte. Blut schoss mir ins Gesicht, Wasserfälle rauschten in meinen Ohren.

Nadine schob ihr Bikini-Top unter ihrem T-Shirt nach oben und ergriff mit ihrer linken Hand die Finger meiner rechten Hand. Sie hob sie langsam zu ihrem T-Shirt. Ich schaute von meiner Hand auf und in ihre riesigen Augen hinter den Brillengläsern. Sie blinzelte kein einziges Mal.

»Versprichst du, dass du nichts erzählst?«

Ich nickte wieder und biss mir auf die Unterlippe.

Sie hatte nichts von Küssen gesagt, oder? Machte man so was gleichzeitig?

Sie führte meine Hand in Richtung ihrer linken Brust.

Ich zögerte. Ich zog meine Hand zurück.

Der Opa. Dieses Zimmer. Warum machte sie das?

»Traust du dich nicht?«

Nadine lächelte mich seltsam schief an. Als wüsste sie mehr als ich.

»Erzähl niemals irgendwem von Opa, ja? Und weißt du: Es tut mir leid. Ich mein, das mit deinem Vater. Dass er sich aufgehängt hat.«

Ich zog meine Hand so schnell aus ihrer Hand, als hätte ich in Lava gegriffen. Meine Augen füllten sich sofort mit Tränen. Seit dem Tod meines Vaters hatte mich keiner meiner Klassenkameraden auf meinen Vater angesprochen. Wahrscheinlich im Auftrag unseres Klassenlehrers hatten mir alle aus der Klasse Briefe nach Hause geschickt, während ich vom Unterricht befreit war, krumm gedichtete Beileidsschreiben, von denen sich die meisten lasen wie der Wetterbericht in der Zeitung. Die Mädchen hatten Blumen und Sterne hinzugemalt, die Jungs hatten in alle Richtungen extra viel Rand auf der Seite gelassen, um ihre kurzen Zeilen nach mehr Text aussehen zu lassen. Nur Turo hatte sich überlegt, dass ich mehr brauchen könnte als einen Brief. Sein Schreiben war nur eine Zeile lang.

»Bin immer zu Hause. Kannst immer vorbeikommen. Dein Turo.«

Ich sah Nadine fassungslos an und konnte nicht verhindern, dass mir Tränen übers Gesicht liefen. Es kam mir vor, als hätte sie die gleichen grauen Augen wie ihr Großvater. Waren sie nicht blau gewesen? Ich hätte gern was gesagt, aber mir fiel nichts ein. »Was ...?«

Sie sah mich an, als würde sie meine Verwirrung genießen, zuckte mit den Schultern und nestelte unter ihrem T-Shirt ihr Bikini-Top wieder zurecht.

»Komm, gehen wir wieder zu den anderen. Und nicht vergessen: Du hast es versprochen.« Sie deutete zur Tür. Ich sollte vorgehen.

Ich schwankte die paar Schritte zur Tür, hatte aber nicht die Kraft, sie zu öffnen, und drehte mich noch einmal zu ihr um. Jetzt erst nahm ich das Zimmer richtig wahr. Richtung Fenster stand ein riesiges Himmelbett aus schwerem, dunklem Holz, es war mit rot glänzender Bettwäsche bezogen. An den vier Pfosten des Bettes war ein dichter, ebenfalls roter Vorhang aufgebunden. An der Wand dahinter hing ein einziges Bild in einem schwarzen Holzrahmen, darauf war eine Kohlezeichnung zu erkennen, die ein junges Mädchen auf einem Stuhl zeigte, dessen Kleid wie absichtlich verrutscht war. Bis auf das Bett und einen kleinen, schiefen Holzschemel, der an einer der weiß gestrichenen Wände stand, war das Zimmer leer.

Nadines T-Shirt war noch nass und hing schief über ihren flachen Bauch.

In diesem Moment öffnete sich die Tür, und ihr Großvater stand vor uns. Er trug noch immer keine Hose und hielt einen schwarz polierten Gehstock wie eine Keule über seinem Kopf.

Er schrie mich an: »Hast du sie angefasst? Hast du wohl, hast du wohl, du Sauhund, du Bock, du Arschlecker! Hast du sie angefasst? Du hast sie angefasst!« Er schlug mit seinem Stock quer durch die Luft in meine Richtung, ich machte einen Schritt nach hinten, um dem Schlag auszuweichen, und prallte mit dem Rücken gegen Nadine. Wir fielen beide zu Boden, ich lag halb auf ihr.

Wieder holte er aus und schlug mit seinem Stock zu. Wieder ein seitlicher Schwinger, der knapp über uns gegen das Holzbett krachte. Dass er auch seine Enkelin hinter mir treffen könnte, schien ihm egal zu sein. Seine Augen fokussierten mich, jetzt wässrig und weiß statt grau, ich sah dicke rote Adern auf seiner Nase, an seinem Hals, er schrie weiter, mich trafen Spucketropfen im Gesicht. Im Liegen rollte ich mich zur Seite, jetzt halb bäuchlings über Nadine, und sein Stock krachte knapp neben mir auf den Boden. Wieder splitterte Holz. Nadine schrie.

»Du geiler Erpel, du Ficker, du hast sie angefasst, ich kann's dir ansehen, ich seh alles, ich seh euch alle, du Pisser, du Kanalratte, du Nichts, du …«

Ich sah nach oben, über mir baumelte sein verschrumpelter Hodensack. Er holte wieder aus.

Von unten hörte man eilige Schritte und Rufe.

Sein nächster Schlag würde mich sicher treffen.

Nadine kreischte unter mir.

»Vater!«

Nadines Großvater drehte sich mit dem Oberkörper zur offenen Tür, es war, als hätte der mahnende Ruf seines Sohnes ihn wieder in unsere Welt geholt, in seinen Augen hatte es kurz bunt geblitzt, er keuchte, ich sah Schweißtropfen auf seiner Stirn. Bei seiner Drehung zur Tür hatte er seine Beine nicht bewegt, er stand da wie ein Langläufer, dessen Skier im Schnee festgebacken sind und der sich nach Hilfe umsieht. Er begann zu wanken, wollte sich auf seinen Stock stützen, merkte aber zu spät, dass der Stock ungefähr bei der Hälfte abgebrochen war, und verlor das Gleichgewicht. Ich sah ihn fallen. Und obwohl er nicht auf mich zu fallen drohte, verbarg ich meinen Kopf unter meinen Händen. Ich hörte einen dumpfen Knall, als er mit der rechten Schläfe an die Fußseite des Himmelbettes krachte, und darauf ein tief tönendes »Bwumms«, als er zu Boden fiel. Er landete auf dem Bauch. An seinem Hintern wuchsen Haare.

Dr. Wolfram sah uns fassungslos an. Hinter ihm drängelten sich meine Mitschüler.

Ich rappelte mich auf. Nadine schrie neben mir vor Entsetzen und blickte auf ihren Opa am Boden.

Dr. Wolframs Verstand schaltete auf Notarzt. Er sprach in knappen Hauptsätzen.

»Seid ihr verletzt?«

Ich schüttelte den Kopf, ohne zu Nadine zu schauen.

»Geht bitte raus.«

»Nadine, deine Mutter soll den Notarzt rufen. Sofort.«

»Wir brauchen den großen Wagen.«

»Handtücher!«

»Schließt die Tür.«

Aus dem Kopf des Opas sickerte Blut auf das Parkett.

Sola stand auf der Treppe und hatte eines der weichen Badetücher in der Hand. Sie reichte es mir. Ich merkte erst jetzt, dass ich geschwitzt hatte, und legte es um meine nackten Schultern.

»*Quelle fête.*«

Das verstand ich.

»*Ça va*, mein kleiner Affe?«

Ich nickte.

Die Treppe hinunter standen meine Klassenkameraden. Nadine schob sich an ihnen vorbei und rannte nach unten. Ich sah nur ihren Rücken, aber ich hörte sie laut weinen.

»Ich hab nix gemacht«, flüsterte ich Sola auf dem Weg nach unten zu.

Im Vorbeigehen sah ich in die Gesichter meiner Mitschüler, zugleich aufgeregt und neugierig und stumm fragend: Melanie, Hardy, Stefi, Kümmel, Troppi, Rehfuß ... nur die Jungs hatten Spitznamen, die Mädchen wurde alle mit ihren Vornamen gerufen, Miriam, Tanja, Alexandra, ich sah zu Boden, manchen tropfte noch das Poolwasser aus den Haaren oder den Badeklamotten. Auf den gewachsten Stufen der Holztreppe hatten sich kleine Seen gebildet.

»Der Opa ...«, flüsterte ich Sola zu, die neben mir die Treppe hinabging. »Er ist reingekommen und wollte mich mit seinem Stock ... er war nackt ... er ... er ist gefallen und gegen das Bett geknallt ... vielleicht ...« Ich schluckte. »Meinst du, er ist tot?«

»*L'homme sans pantalon*, der Mann ohne Hose – das ist der Opa, den niemand stören darf?«

Wieder nickte ich.

»Hast du ihn gestört?«

»Nee … also, ja, ich mein … aber nicht in dem Zimmer. Oben. Aus Versehen.«

»*Alors*, auf die Geschichte bin ich gespannt. Aber jetzt gehen wir.«

Sie lotste mich aus dem Haus und bis zur Umkleidekabine beim Pool.

»Zieh dich an. Ich warte hier. *La fête est finie, je crois. Mon Dieu*, mein kleiner Affe. Okay, ich hab gesagt, du sollst auffällig sein, richtig. Aber doch nicht so auffällig!«

#7, 16.9.1990

»Mein Leben? Als hätte ich immer Sandburgen bei eingehender Flut gebaut. Erst hatte ich Pläne, dann sah es schön aus ... oder nein, ich dachte, es würde mal schön aussehen, wenn es fertig wäre. Aber nie wurde ich fertig, ehe das Wasser kam.

Aber diesmal hatte ich mich beisammen. Ich war mir sicher, dass Jura das Richtige war. Bei der Einschreibung in München standen wir in einer langen Schlange, und gleich fand ich einen, der ein Freund werden konnte, der Jan. Ein WG-Zimmer hatte ich auch, wie ein Sechser im Lotto. In der Lindwurmstraße, hinten raus. Ö-Recht war mein Ding. Zivilrecht nicht so, ich verstand zum Beispiel nie den Unterschied zwischen culpa in contrahendo *und einem Erfüllungsschaden nach § 249. Und Strafrecht, na ja. Aber die Grundrechte. Ich war nur noch selten zu Hause bei meinen Eltern. Aber da halt schon. Und dann wollte ich schnell wieder fahren, weil am Abend hatte der Jan eine Party in Pasing organisiert, in einem Keller, und man konnte trinken, wie man wollte, und jeder sollte nur zahlen, was er konnte.*

Ich habe immer vierblättrige Kleeblätter gefunden.
    Aber Glück hatte ich nie.

Ich wollte schnell wieder los. Meine Eltern haben's schon verstanden. Die Wäsche hat mir meine Mutter noch nass eingepackt.

Mein Vater hatte noch eingekauft für mich und alles in einem Karton verpackt.

Ich bin in mein Zimmer, das immer noch mein Zimmer war. Zieh meine Jogginghose aus, in der ich geschlafen hatte. Steig in meine Jeans. Verheddere mich mit einem Fuß im Hosenbein. Dann falle ich. Ich hab mal gelesen, so sterben in den USA jedes Jahr zwei Menschen. Beim Hoseanziehen.

Meine Eltern sind immer so ehrlich. Aber bitte, sie sollen was anderes erzählen als die Wahrheit. Könnten Sie das …«

Sonntag, der 7. Juli 1991

ch schlief lange.

Aber trotz allem setzte ich mich wie jeden Sonntag nach dem Aufwachen in der Eingangshalle des Krankenhauses auf einen meiner Stühle bei den Lastenaufzügen und hielt die Telefonzelle im Blick. Ich wartete ein paar Leute ab, die nacheinander in das kleine Kabuff eintraten. Drei blieben längere Zeit darin, eine weitere Frau mit Motorradjacke und Helm unter dem Arm kam nach ein paar Sekunden wieder aus der Zelle, scheinbar hatte sie niemanden erreicht. Sie war die Einzige, die mich überhaupt wahrnahm, und sah mir verwundert ins Gesicht, weil ich sie nicht aus den Augen ließ.

Auch nach fast einem Jahr konnte ich mir nicht vorstellen, dass ich der Einzige sein sollte, der von den Toten angerufen wurde. Deshalb suchte ich bei allen, die ich aus dem Kabuff kommen sah, nach Anzeichen dafür, dass sie Verbündete waren. Aber da war nichts zu sehen.

Was die Leute in der Zelle sprachen, war selbst direkt vor der Tür nicht zu verstehen, durch die Milchglasscheibe hörte man nur dumpfes Gebrummel.

Als die Telefonzelle sicher unbesetzt war, schlenderte ich hinüber. In der Hand hatte ich unsere Deutsch-Lektüre, *Der Steppenwolf*.

Es war heute mehr los in der großen Halle als unter der Woche, Sonntag war Besuchstag. Der kleine Kiosk hatte geöffnet, und immer wieder meldeten sich Besucher bei Herrn Stängel, dem

Pförtner mit seltsam verdrehten Fingern, der an Multipler Sklerose litt und die ganze Welt dafür verantwortlich machte. Entsprechend unfreundlich war er. Fragte ihn jemand nach dem Weg zu Freunden und Angehörigen auf bestimmten Stationen, bellte er verbittert Anweisungen durch die Scheibe, fassungslos über die bodenlose Dummheit der Menschheit, die nicht wusste, wohin sie zu gehen hatte.

Ich ging zum Telefon. Als ich das kleine Zimmer betrat, schlug mein Herz schnell und laut. Wie jeden Sonntag. Als die Tür hinter mir ins Schloss fiel, klingelte der Apparat sofort. Wie jeden Sonntag.

Ich nahm den Hörer ab.

»Vielen Dank, dass Sie dieses Gespräch annehmen«, sagte eine weibliche Tonbandstimme verbindlich. »Das folgende Gespräch dauert 19 Sekunden. Wir bitten Sie, dem geäußerten Wunsch im Rahmen Ihrer Möglichkeiten zeitnah zu entsprechen.«

Es klickte in der Leitung.

Irgendwie wusste ich schon, was passieren würde.

Meine rechte Hand hielt den Hörer und zitterte noch stärker als sonst, ich fürchtete, ihn fallen zu lassen, meine Handfläche war schweißnass. Dann hörte ich die alte Männerstimme, aggressiv, rasselnd.

Ob die Toten auch wussten, wie viel oder wie wenig Zeit sie für dieses Gespräch hatten?

»Hör zu, du Pisser! Sonnengasse 1. Das Haus kennst du ja. Geh nachts hin. Die Tür zum Keller hinten ist offen. Wenn nicht: Schlag das Fenster ein. Das Buch ist in dem Koffer ganz oben im linken Regal. Der Zahlencode ist 669 und 996. Nimm es mit. Pack es nicht aus. Schau es nicht an. Hörst du! Pack es nicht aus, sonst … es geht dich nichts an! Verbrenn es irgendw…«

Seine Zeit war um. Das Gespräch wurde unterbrochen.

»Hör zu, du Pisser.«

O Gott, er wusste von mir. Er wusste, wer ich war. Er wusste, dass ich den Anruf annehmen würde. Ich begann zu wimmern.

»Pack es nicht aus, sonst ...«

Sonst?

Mein ganzer Körper zitterte vor Schreck und Aufregung und blinder Angst. Die Dringlichkeit in seiner Stimme hatte sich auf mich übertragen. Ich legte auf und verließ den Raum. Ich atmete zu schnell, lief ohne Ziel durch die Halle, wie durch Frostnebel, aber ich war mir nicht sicher, ob der Nebel um mich herum oder in mir aufgestiegen war. Sonnengasse 1. Natürlich kannte ich die Adresse. Ich wusste, wer dort verunglückt war. Ich war ja dabei gewesen.

Die Stimme von Nadines Großvater hatte am Telefon dieselbe lebendige Schärfe wie einen Tag zuvor, als er mich mit seinem Gehstock erschlagen wollte und dabei kleine Tropfen in meine Richtung spuckte.

»Pack es nicht aus«, hatte die Stimme mir befohlen. Sie klang wütend und bösartig zu gleichen Teilen.

An vieles erinnere ich mich nicht mehr. Ich weiß noch, dass ich zurück in die Wohnung ging und meiner Mutter ein Post-it schrieb. Dann schlief ich noch mal ein.

Ich weiß noch, dass ich spätnachmittags von ihr geweckt wurde. Sie hatte Nachtdienst gehabt und war auch eben erst aufgewacht. Sie streichelte sanft über mein Haar.

»Hey, Schlafmütze.«

»Mama, ist der Opa von Nadine gestorben?«

Sie schaute ernst, wie immer, wenn ihr jemand gestorben war.

Sie hatten alles versucht, ihn am Leben zu halten, schließlich sogar die Schädelkalotte entdeckelt. Sein Sohn operierte selbst. Erst sah es danach ganz gut aus, aber irgendwann in der Nacht war die Hirnblutung einfach kaum mehr zu stoppen. Niemand wollte Dr. Wolfram »anpiepsen«, als klar wurde, dass der alte Mann nur noch künstlich am Leben gehalten werden konnte. Der Chefarzt war irgendwann nachts nach der OP nach Hause gegangen, nachdem er seinen Vater selbst stundenlang auf der Station versorgt hatte und der Zustand stabil schien. Wie alle Ärzte des Hauses hatte auch Herr Wolfram immer ein kleines Gerät bei sich, seinen »Piepser«, mit dem man ihn anfunken und um Rückruf bitten konnte. Aber niemand wollte der Überbringer der schlechten Nachricht sein. Schließlich hatte es meine Mutter übernommen.

Die Tür war natürlich abgeschlossen.

Ich drückte, so kräftig und so leise ich konnte, an der Messingklinke, sogar die fühlte sich schwer und teuer an. Aber die Tür ließ sich nicht öffnen. Ich versuchte, nicht darüber nachzudenken, was ich hier tat. Es war kurz vor Mitternacht, morgen war Schule, ich stand in schwarzer Trainingshose, mit einem dunkelblauen Sweatshirt und einer schwarzen Wollmütze, unter der ich schrecklich schwitzte, an der Kellertür meiner Mitschülerin und versuchte, in ihr Haus einzubrechen. Meine Mutter würde vor Scham sterben, erwischte man mich hier, spätestens, wenn sie sich mit Dr. Wolfram auseinandersetzen müsste. Ich hatte mir auch keine Erklärung zurechtgelegt. Mit war keine eingefallen. Die Wahrheit – »Ich handle im Auftrag des verstorbenen Großvaters, der mir aufgetragen hat, hier einzubrechen« – klang nicht nach einer guten Option.

Bis hierhin hatte ich zum Glück noch nichts erklären müssen: Meine Mutter war wieder im Nachtdienst und schon auf

Station, Sola hatte sich eine Tiefkühlpizza gewünscht – »Ich werd dir Glück bringen, irgendwann. Aber kannst du mir dafür jetzt schon eine Pizza bringen?« – und hatte in aller Ruhe auf unserem Balkon gekifft. Nach der Pizza war sie in ihrem Zimmer eingeschlafen.

Irgendwas in mir hoffte, dass ich von übernatürlichen Kräften beschützt werden würde. Wer auch immer die Macht hatte, mir aus dem Totenreich Nachrichten zu übermitteln, könnte ja auch dafür sorgen, dass ich meine Aufträge ungestört ausführen konnte.

»Wenn nicht: Schlag das Fenster ein. Das Buch ist in dem Koffer ganz oben im linken Regal.«

Meine Angst vor dem Opa war noch größer als meine Angst, erwischt zu werden.

Ich hatte zu Hause die Schulsachen aus meinem Rucksack herausgenommen und unseren Hammer, ein Geschirrtuch und die Taschenlampe eingepackt. Um keine Fingerabdrücke zu hinterlassen, wollte ich meine Winterhandschuhe mitnehmen, aber die waren bei unserem Umzug anscheinend verloren gegangen, ich hatte sie bis zu dem Tag nicht wiedergefunden. Ich behalf mir mit Einmalhandschuhen aus der Küche, die wiederum hatte meine Mutter von der Station mitgenommen. Allerdings zerriss ich den ersten, als ich vor der Kellertür der Wolframs stand, den Hammer auspackte und ihn mit unserem rot-weiß karierten Geschirrtuch umwickelte.

Ich holte tief Luft. Und hielt sie an, als ich zuschlug.

Es klirrte entsetzlich laut, als eine der vier bunten Scheiben zersplitterte, die quadratisch im oberen Bereich der alten grünen Holztür eingelassen waren. Glas flog mir entgegen. Der Hammer rutschte mir aus der Hand und fiel ins Innere des Kellers.

Guten Abend, meine Damen und Herren! Schön, dass Sie zugeschaltet haben!

O nein. Mein Sportreporter.

Sehen Sie sich das an: Mischa versucht sich als Einbrecher! Er stellt sich so lächerlich an, dass es schon wieder unterhaltsam ist. Ab welchem Alter landen Kinder im Jugendknast?

Mein Sportreporter war eine innere Stimme, die gelegentlich in meinem Kopf auftauchte und mein Leben wie ein Fußballspiel kommentierte. Egal, was ich unternahm: Er ging grundsätzlich davon aus, dass ich scheiterte.

Hochprofessioneller Auftritt, den Mischa hier abliefert, Respekt! Und das meine ich natürlich i-ro-nisch, meine Damen und Herren. Nicht nur, dass er allein mit seiner linken Hand schon mehr Fingerabdrücke am Tatort hinterlassen hat als die Panzerknacker in allen Lustigen Taschenbüchern zusammen. Nein, jetzt hat er auch noch den einzigen Hammer seiner Mutter durch eine weiterhin verschlossene Tür geworfen. Ich frage: Warum nicht gleich ein Foto von sich machen und an die Tür pinnen? Was passiert als Nächstes? Wirft er seinen Kinderausweis hinterher?

Ich hatte die falsche Scheibe eingeschlagen, zu weit oben. Bei dem Versuch, am zersplitterten Glas vorbei nach unten Richtung Türschloss zu greifen, riss ich ein Loch in das Sweatshirt und schnitt mich tief an der Unterseite meines Oberarms. Trotzdem kam ich auf der Innenseite der Tür nicht mal in die Nähe des Schlosses, um zu fühlen, ob ein Schlüssel darin steckte. Blut tropfte auf die Tür und den Boden. Das Geschirrtuch war mit dem Hammer in den Keller geflogen. Als ich meine Hand wieder durch die eingeschlagene Scheibe herausziehen wollte, schnitt ich mich ein weiteres Mal, diesmal in drei Finger meiner rechten Hand. Außerdem war jetzt auch der zweite Einmalhandschuh gerissen.

Ich konnte unseren Hammer am Kellerboden liegen sehen.

Nicht zu fassen, meine Damen und Herren: Wie bescheuert kann man sich anstellen?

Ich geriet in Panik. Wischte mit der Sohle meiner Turnschuhe hilflos über die Blutspritzer am Boden, ohne dass sie dadurch auch nur das kleinste bisschen unauffälliger wurden, heller zwar, aber dafür großflächiger. Dann lief ich zurück in Richtung Krankenhaus und versuchte, dabei nicht zu rennen, sondern nur sehr schnell zu gehen, so wie es die Täter in Vorabendkrimis taten, die kein Aufsehen erregen wollten. Das waren die, die am Ende natürlich doch immer erwischt wurden.

Menschen sprechen vom Tod viel mehr als vom Sterben. Vielleicht weil lange Zeit das eine für das andere stand, das Sterben ein fiebriger Bote war, eine eilige Vorhut, die der bald eintreffenden Unabwendbarkeit vorausgeritten war, um sie mit Fanfaren anzukündigen. Wer sich in früheren Zeiten daranmachte zu sterben, war bald tot.

Aber dann wurden Häuser gebaut wie das, in dem ich lebte, mit Operationssälen und sterilen Kanülen und Röntgengeräten und Ultraschall und Narkosemitteln, und hier, in diesem Haus, verlängerten Menschen wie meine Mutter mit all diesen Medikamenten und Gerätschaften das Sterben, von Stunden zu Tagen, von Tagen zu Wochen, zu Jahren. Was eine Sache des Schicksals, des Glücks oder der Götter war, früher, als die Menschen noch zu Hause starben, wurde eine Angelegenheit der Ärzte, der Wissenschaft, der Forschung. Früher war das Sterben ein Teil des Todes. Durch die moderne Medizin ist das Sterben ein Teil des Lebens geworden.

Warum riefen hier in diesem Haus die Toten an, oder waren es doch erst Sterbende aus irgendeiner Schattenwelt?

Und warum sprachen sie ausgerechnet mit mir – und brachten mich in Schwierigkeiten, so wie jetzt?

Es war fast halb zwei Uhr nachts, als ich von der Bergseite wieder auf das Krankenhaus zulief. Ich beschloss, den kürzesten Weg in unsere Wohnung zu nehmen: durch das vielstöckige Schwesternwohnheim, einen hässlichen Zweckbau, der schräg hinter dem Hospital angebaut worden war. Dort nahm ich den Aufzug hinunter ins Untergeschoss, dann weiter durch einen sehr langen unterirdischen Gang, der die beiden Gebäude miteinander verband. Wer nicht im Dienst war, schlief um diese Zeit, ich rechnete nicht damit, jemandem zu begegnen. Außerdem liebte ich den langen Gang, den ich nur den Mandarinengang nannte, weil er Tag und Nacht von Neonleuchten erhellt wurde, die hinter orangefarbenen Wandpaneelen versteckt waren und ein Licht wie aus einer gefüllten Obstkiste heraus ausstrahlten. Mit dem ersten Schritt im Mandarinengang konnte man schon sein Ende sehen, so gerade war er geführt. Irgendwann hatte ich mal 681 Schritte von einem Ende zum anderen gezählt. Ein Weg wie von einer Welt in die andere.

Meine Turnschuhe quietschten auf dem Gummiboden bei jedem Schritt, sonst war nur das gleichmäßige Surren der Neonleuchten zu hören. Ich schaute hinter mich, um zu prüfen, ob ich Dreck- oder Blutspuren hinterließ. Nichts zu sehen. Alles okay. Abgesehen davon, dass ich mein Sweatshirt zerrissen hatte, aus einer pochenden Wunde am Oberarm blutete und drei Finger der rechten Hand Schnittwunden hatten. Und dass morgen vermutlich die Polizei vor unserer Tür stand, weil der einzige Hammer meiner Familie unerklärlicherweise durch die Scheibe der Kellertür des Anwesens von Chefarzt Dr. Wolfram geflogen war.

Ungefähr auf halber Strecke durch den Mandarinengang öffnete sich die Tür am anderen Ende. Ich erschrak, aber hier gab es kein Versteck, keinen Notausgang, zurück war es ebenso weit wie nach vorne. Mir blieb nichts übrig, als weiterzugehen.

Ein Mann in dunkelbrauner Straßenkleidung kam auf mich zu, also war es kein Pfleger auf dem Weg ins Wohnheim. Seine Schuhe quietschten nicht, sondern klackerten. Keine Gummisohle. Teure Schuhe. Und dann dauerte es noch ungefähr 43 Schritte, bis sich meine Überraschung zu Fassungslosigkeit und mit jedem weiteren Schritt in eine Eiswand aus klirrender Angst gewandelt hatte. Der Mann, der mir entgegenkam, war Dr. Wolfram.

Er hatte mich oft genug auf der Station meiner Mutter gesehen, aber spätestens seit dem Geburtstagsfest seiner Tochter wusste er natürlich, wer ich war.

»Du bist doch ... Mischa? Was ...«

Er sah müde aus. Aber er ging sehr aufrecht, wie jemand, der dazu erzogen worden war und sich dazu zwingen konnte. Er bemerkte sofort, dass ich verletzt war, und so, wie Polizisten erst mal einen Unfallort sichern, ehe sie Fragen stellen, unterbrach er sich selbst und fasste vorsichtig meine verletzte Hand. Als er den Riss in meinem Shirt und das Blut bemerkte, besah er sich auch meinen Arm.

Er schaute mich fragend an, fragte aber nichts.

»Darum müssen wir uns kümmern.«

Er drehte sich um und ging wortlos an meiner Seite, dabei hielt er meinen verletzten Arm. Durch eine der schweren Brandschutztüren am Ende des Mandarinenganges betraten wir wieder das Krankenhaus. Ich überlegte, ob ich etwas zum Tod seines Vaters sagen sollte. Ich entschied mich dagegen. Meine Mutter hatte mir eingeschärft, nichts weiterzuerzählen, was sie mir von Station berichtete.

Vom Seitenflügel des fünften Stocks nahmen wir die Treppe hinunter in den vierten, wo meine Mutter arbeitete. Als wir auf dem Stockwerk ankamen, zögerte Dr. Wolfram kurz.

»Deine Mutter hat Dienst heute Nacht.«

»Ja.«

Es war das erste Wort, das ich sagen konnte.

»Weiß sie, dass du noch unterwegs warst?«

»Nein.«

Er sah nicht aus, als würde er trauern. Er schien mich auch nicht verantwortlich zu machen für den Tod seines Vaters, obwohl ich ja mit Nadine und dem Opa im Zimmer war, als es passierte.

»Besser, wenn sie dich nicht so sieht?«

»Äh … was?«

»Deine Mutter.«

»Ja, vermutlich.« Plötzlich flüsterte ich.

»So wie du aussiehst, hast du was Verbotenes gemacht.«

Ich zuckte mit den Schultern und schaute zur Seite. »Wir haben was gespielt. Also, ich und ein paar andere. Freunde. Dabei ist was kaputtgegangen. Eine Scheibe.«

Ich hob den verletzten Arm, wie zum Beweis, und schaute ihm ins Gesicht.

An seinem Atem konnte ich hören, dass er mir glaubte. Gleichzeitig war mir klar, dass er eins und eins zusammenzählen könnte, wenn er bei sich zu Hause in den Keller schauen würde.

»Habt ihr was geklaut?« Er kratzte sich mit einer Hand den Bart.

Ich schüttelte den Kopf. Nicht gelogen.

»Wolltet ihr was klauen?«

Der Mann hätte zur Kriminalpolizei gehen sollen und nicht Medizin studieren.

»Nicht so richtig«, sagte ich leise.

Er nickte, als wüsste er, wovon ich sprach.

»Wenn du mich nicht verpfeifst, weil ich dir geholfen habe, verpfeif ich dich auch nicht«, flüsterte er mir zu. »Glaub mir: Du denkst vielleicht, dass du in Schwierigkeiten steckst. Aber

wenn deine Mutter mitkriegt, dass ich ihr hiervon nichts erzählt habe«, er deutete auf meine Verletzungen, »dann krieg
ich noch viel größeren Ärger als du.«

Ich lächelte matt.

Er lächelte ein Komplizenlächeln zurück und gefiel sich in
seiner Rolle. Dann gingen wir zwei Stockwerke tiefer in die
Ambulanz auf der 2 Ost, dort schob er mich in ein Arztzim-
mer, ohne dass uns jemand sah. Er desinfizierte und verpflasterte die Wunden meiner Hand.

»Den Arm sollte ich nähen. Die Wunde ist tief. Okay?«

»Klar.« Ich hatte Angst.

Er zog eine Spritze auf und stach in meinen Arm. Ich biss
die Zähne zusammen und zuckte nur kurz. Dann saßen wir
uns wortlos gegenüber und sahen uns an.

Wissen Sie von Ihrem Vater?

Warum trägt er keine Hose bei einem Kindergeburtstag?

*Was ist das für ein Zimmer in Ihrem Haus, in dem nur ein
Bett steht?*

Er war auch weitsichtig, wie seine Tochter. Seine Augen erschienen größer hinter dem geschliffenen Glas seiner kleinen
Brille.

Wie geht es Nadine?

Er sah mich gütig an. Irgendwo tickte eine Uhr ihre Sekunden durch den Raum.

Was ist in dem Koffer?

Wir warteten, bis die Betäubung wirkte.

*Wissen Sie, dass ich mit Ihrem Vater gesprochen habe, nach-
dem er gestorben war?*

Wissen Sie, wo ich war?

Irgendwann nickte er mir aufmunternd zu. Ich nickte zurück. Er strich vorsichtig, fast zärtlich über die betäubte Stelle
meines Armes. Ich spürte nichts.

Dann nähte er die Wunde und zählte die Stiche laut mit.

»Drei von fünf.

Vier von fünf.

Fünf von fünf. Jetzt noch … Das war's.«

Er schnitt den Faden mit einer gebogenen Schere ab und verband die Wundstelle.

»Fertig.«

Zum Abschied gab er mir Mullbinden, eine Creme und sterile Kompressen mit. »Jeden Tag wechseln. Schmeiß sie nicht in den Küchenmüll – da findet sie deine Mutter.«

In seinem Gesicht konnte ich eine fernsehcowboyhafte Zufriedenheit mit sich selbst sehen. Ich nickte ihm dankbar zu.

Warum hat Ihr Vater Fotos von uns gemacht?

Warum trug er keine Hose?

Wussten Sie davon?

»Komm doch mal wieder bei uns vorbei«, sagte er noch und streichelte mir sanft über den Rücken. »Und bring die Badehose mit!«

Mir schauderte.

Ich verabschiedete mich und nahm die Treppen hinunter in den Heizungskeller, zweifelnd, ob so viel Glück noch Glück sein konnte. Gleichzeitig hatte ich das unangenehme Gefühl, die Hand des Arztes noch immer auf meinem Rücken zu spüren. Das Zähneputzen schenkte ich mir, das zerrissene Shirt knüllte ich fürs Erste unter mein Kissen. Es war kurz nach drei Uhr.

Mein Herz schlug laut.

Es war kurz nach halb fünf, als ich aus dem Schlaf aufschreckte und mir klar wurde, dass ich meinen Rucksack vor der Kellertür der Wolframs vergessen hatte.

Meine Panik ließ mich mit einem Mal hellwach denken. Die

Nachtwache meiner Mutter endete um halb sieben, vor sieben war sie kaum einmal zu Hause. Ich hatte noch zwei Stunden. Wie konnte ich nur so dämlich sein? Ich zog mir ein frisches T-Shirt über, schaute auf die verletzten Finger, die das Pflaster schon durchgeblutet hatten, nahm meine graue Trainingsjacke, trank eiskaltes Wasser aus dem Hahn im Badezimmer, bis mein Bauch zu schmerzen begann, und trat aus dem Bad, als plötzlich Sola in ihrem Schlafhemd vor mir stand.

»*Putain*, mein kleiner Affe, was machst du?«

Sie sah auf meine Hand.

»*T'as quoi?* Bist du krank?«

»Nee, alles okay. Ich muss … noch mal …«

»Oh, eine Abenteuer?«

Sofort sah sie nicht mehr so verpennt aus.

»Ist es verboten?«

»Ich …« Um zu lügen, fehlte mir die Kraft.

Sie grinste. »*Attends!* Ich bin dabei.«

Zwei Minuten später war sie angezogen, und wir verließen die Wohnung. Im Gehen fiel mir unser Regenschirm auf, der neben der Wohnungstür lehnte. Ich nahm ihn mit, rannte mit Sola den Weg durch den Heizungskeller, wir nahmen die Treppen hoch in den fünften Stock, wieder durch den Mandarinengang. Hier war Sola noch nie gewesen. Sie sah sich neugierig um, stellte aber keine Fragen. Das Wasser in meinem Bauch gluckerte, als hätte ich Wasserbomben verschluckt. Durchs Schwesternwohnheim, aus der Tür, den kurzen Weg zur Weihergasse, die schmale, steile Straße hinab, eine kleine Stichstraße wieder aufwärts, vorbei an den eingezäunten Ascheplätzen des Tennisvereins, dann durch den Stadtpark. Die Morgenluft hatte eine angenehme Frische, eher kühl als kalt, sie fühlte sich eher ultramarin als eisblau an. Außer uns war noch niemand auf der Straße.

Durch welche Tür geht Dr. Wolfram wohl in sein Haus? Die Vordertür? Die Kellertür? Der Weg durch die Kellertür wäre der kürzere.

Vielleicht war die Polizei schon da.

Als wir zur Sonnengasse liefen, wurde Sola klar, zu welchem Haus ich wollte. Sie hielt mich am Arm fest, leider genau an der schmerzenden Stelle.

»Aua!«, rief ich. Viel zu laut.

»Was ist da? Bist du da auch verletzt?«

Ich nickte.

»*Désolée.* Tut es weh? Sag, was wollen wir hier? Ist der verrückte Opa schon wieder zu Hause? Machen wir eine Entführung?«

Sie schien vor Vorfreude zu leuchten.

»Ich muss was aus dem Keller holen.«

Sola nickte, als wäre jetzt alles klar.

»Aber der ist zu.«

Zusammen schlichen wir uns durch die Hecken im Garten. Die drei Linden blühten. Die Alpakas waren nicht in ihrem Gehege zu sehen.

Sola blieb immer knapp hinter mir.

Wie viel Glück kann man haben?

»Ist gefährlich. Sind vielleicht Wachhund-Alpakas.« Sie kicherte.

Ich spannte den Schirm auf, als Sichtschutz. Ich fand das brillant, aber Sola sah nach oben, in der Erwartung, dass es regnen würde. Als sie verstand, warum ich den Schirm dabeihatte, kicherte sie noch mal. Das Haus der Wolframs lag dunkel vor uns, schwerer, alter Stein, Doppelfenster, zwei gemauerte Türmchen, eher eine Burg als nur ein Haus. In keinem Zimmer der drei Stockwerke brannte Licht.

Mein Rucksack lag am Boden vor der Kellertür. Die eingeschlagene Scheibe war nicht abgeklebt, es schien noch niemand etwas bemerkt zu haben.

Sola pfiff leise hinter mir. Sie verstand, dass ich schon mal hier gewesen war.

Ich schloss den Schirm, nahm den Rucksack und, ich konnte nicht anders, spähte noch einmal durch das zerschlagene Fenster. Hätte ich bloß die untere Scheibe genommen, es hätte vielleicht gereicht, um hindurchzugreifen und von innen die Tür zu öffnen. Falls dort überhaupt ein Schlüssel steckte. Ich blickte auf meinen Schirm. Wie viel Glück kann man haben?

Bisschen verwegen.

Damit kommst du nie durch.

Aber ich muss den Auftrag doch erfüllen.

Lief doch ganz gut jetzt.

Bis die aufwachen, bist du über alle Berge.

Als ich ausholte, um mit der Schirmspitze auch noch die untere Scheibe einzuschlagen, blinkte im Halbdunkel am Boden neben der Tür etwas auf. Sola und ich sahen es gleichzeitig. Sie hielt meinen Arm, wieder umfasste sie die verletzte Stelle. Ich zuckte vor Schmerz zusammen.

»Desolée, encore une fois.«

Und da, nicht zu fassen, verdammt noch mal wirklich nicht zu fassen, lag ein Schlüssel. Als ich vorhin die Bluttropfen am Boden verwischt hatte, hatte ich offenbar mit meinen Schuhen auch einen alten Stein verschoben, unter dem der Schlüssel versteckt war.

Ich kicherte hysterisch.

Sola hob den Schlüssel auf und gab ihn mir. Seltsamerweise zitterte ihre Hand kein bisschen. Ich steckte ihn ins Schloss, er ließ sich mühelos drehen. Ich holte die Taschenlampe aus meinem Rucksack, öffnete die Tür und trat in ein aufgeräumtes

Kellerzimmer ein, in dem jede Menge Gartengeräte, alte Töpfe, Poolspielzeug und Tischtennisschläger in Holzregalen verstaut waren oder an den Wänden lehnten. Es roch nach gemähtem Gras und dem brüchigen Plastik aufblasbarer Wassertiere.

»Ist es überhaupt Einbruch, wenn man Schlüssel hat?«, fragte Sola flüsternd.

Ich antwortete nicht.

»Warum hast du deinen Hammer reingeworfen?«

Ich schaute sie genervt an und kniete, um unseren Hammer und das Geschirrtuch wieder einzupacken. Ich spürte meinen Herzschlag durch meinen Brustkorb auf meinem Oberschenkel.

Das Buch ist in dem Koffer ganz oben im linken Regal.

Der Koffer war ein silberner Samsonite mit einem Zahlenschloss.

669. 996.

Ich hob ihn aus dem Regal.

»Was ist mit Fingerabdruck, mein kleiner Affe?«

Ich trug keine Handschuhe.

Idiot!

Meine Hand war ganz ruhig. Ich drehte die Zahlenrädchen auf die Kombination, die mir der Opa ohne Hose durchgegeben hatte, die beiden Schlösser sprangen ohne Widerstand auf.

Sola klatschte neben mir in die Hände.

Im Koffer lag ein Päckchen, in braunes Packpapier verpackt, im Format eines Schulheftes, aber dick wie ein Buch. Als ich es aus dem Koffer hob, merkte ich, wie schwer es war. Darunter befand sich der grauweiße Briefumschlag eines Hotels, *Hotel Hilton Wien*, der zugeklebt war. Ich nahm beides aus dem Koffer und stopfte das Päckchen und den Briefumschlag in meinen Rucksack.

»Nix wie weg hier.«

»Brauchen wir nicht noch mehr?«, flüsterte Sola.

Ich schüttelte den Kopf.

Dann zog ich meine Trainingsjacke aus und wischte über alles, was ich angefasst hatte, so wie es die Einbrecher bei *Magnum* machten.

Sola verzog ihr Gesicht und zog Luft durch die Zähne, als sie den Verband um meinen Oberarm sah, sagte aber nichts.

Ich verdrehte die Zahlenkombination des Koffers wieder mit meinem Zeigefingerknöchel, wickelte meine Trainingsjacke diesmal um meine Hände und wuchtete den Koffer wieder auf das Regal. Dann verließen wir den Raum, die zerbrochenen Glasscherben ließ ich, wo sie waren. Ich schloss ab, überlegte kurz, versteckte den Schlüssel dann aber wieder hinter irgendeinem der größeren Steine am Boden vor der Tür.

Wir liefen, so schnell wir konnten, nach Hause.

Sola stellte keine Fragen, aber sie schaute mich anerkennend an, als wir wieder in der Wohnung waren.

»Herrlich gefährlich. Mit dir kann man was erleben!«

Bis meine Mutter nach Hause kam, blieb noch eine Dreiviertelstunde. Ich ging duschen und versuchte dabei, den Verband um den verletzten Arm nicht nass werden zu lassen.

#12, 21.10.1990

»*Die ersten drei Schläge auf meinen Kopf habe ich noch gespürt. Vermutlich hat er noch öfter zugeschlagen, das kann ich nicht sagen. Aber wenn er sich ärgert, ist er schwer zu bremsen. Dieser Jähzorn! Sicher fragen Sie sich, warum er mir den Schädel eingeschlagen hat. Ich erzähle es Ihnen. Konzentrieren Sie sich, wir haben nicht viel Zeit, denke ich. Stellen Sie sich vor, Sie würden Raben beobachten, die allesamt schwarz sind. Es besteht prima facie eine hinreichende Rechtfertigung für die induktive Bildung der Hypothese ›Alle Raben sind schwarz.‹ Korrekt? Korrekt.*

Und jeder zusätzliche Rabe, den Sie sehen, bestätigt diese Hypothese.

Natürlich wäre es irrational, diese Hypothese für gewiss zu halten, da keine vollständige Induktion über alle Raben aus Beobachtung möglich ist. Niemand kann alle Raben der Welt beobachten. Die vorbenannte Hypothese ›Alle Raben sind schwarz‹ kann unter Erhalt ihres Wahrheitswertes durch Anwendung logischer Transformationsregeln, hier der Kontraposition, umformuliert werden zu: ›Alle nicht schwarzen Objekte sind keine Raben.‹ Korrekt? Korrekt.

Nun stellen Sie sich vor, Sie sehen ein nicht schwarzes Objekt, das auch kein Rabe ist. Irgendeines, sagen wir, zum Beispiel ... einen roten Hut? Eine bunte Blume? Nehmen wir den Hut. Die umformulierte Hypothese ›Alle nicht schwarzen Objekte sind keine Raben‹ scheint durch den roten Hut bestätigt zu werden. Korrekt? Korrekt.

Da die neue Hypothese logisch äquivalent zur Ausgangshypothese ist, wird somit durch die Sichtung eines roten Hutes auch die Hypothese ›Alle Raben sind schwarz‹ bestätigt. Sie erkennen das Problem? Die Beobachtung von nicht schwarzen Objekten stützt natürlich nur in sehr geringem Maße die Ausgangshypothese ›Alle Raben sind schwarz‹. Verallgemeinert stützt daher jede Beobachtung, die einer Allaussage nicht widerspricht, diese in bestimmtem Maße. Aber Hempel postulierte genau dies. Wobei seine These schon drei Jahre zuvor von Janina Hosiasson-Lindenbaum veröffentlicht worden war, aber das nur am Rande.

Ich wollte es Guntram erklären, aber er winkte nur wütend ab und verließ die Küche.

Im Gehen wiederholte er sich: › Wer nicht für mich ist, ist gegen mich!‹

Ich lief ihm hinterher. Das war natürlich ein Fehler. Ich wusste ja um seinen Jähzorn. Aber ich wusste auch, dass ich recht hatte, und ich konnte diese hinter Ignoranz versteckte Selbstgewissheit nicht mehr ertragen.

Ich stellte ihn im Flur. Er packte seine Tennissachen. Ich fuhr fort: Wie kann aus der Implikation › Wenn Rabe – dann schwarz‹ die logische Implikation › Wenn nicht schwarz – dann kein Rabe‹ werden? Ohne das Tertium non datur, *also die Zuhilfenahme des Satzes vom ausgeschlossenen Dritten, wäre der Übergang von der einen Implikation zur anderen nicht zu begründen. Lediglich die Rede vom Ausschluss unschwarzer Raben wäre ohne das* Tertium non datur *herleitbar: Es kann nicht sein, dass es einen Raben gibt, der nicht schwarz ist.*

Ich sah, dass er einen seinen Tennisschläger in der rechten Hand hielt und so fest umschloss, dass seine Knöchel weiß wurden.

Aber ich hatte es satt, mir seinen Quatsch anzuhören. Nur

weil er nach vier Jahren im Vorsitz des Clubs nun nur noch den Schriftführer-Posten angetragen bekommt, muss er nicht so durchdrehen. Und sein Satz ›Wer nicht für mich ist, ist gegen mich‹ ist nun mal falsch. Diese Äußerung entspricht exakt Hempels Raben-Paradoxon, und Jean Nicod hat Hempels Schlussfolgerung längst widerlegt. Ebenso wenig, wie ein roter Hut die These stützt, dass alle Raben schwarz sind, sollte irgendwer den Ausspruch ›Wer nicht für mich ist, ist gegen mich‹ ernst meinen. Ich sah noch den Hass in seinen Augen: auf die Leute im Tennisclub ebenso wie auf mich. Die Tatsache, dass ich immer schon klüger war als er, hat er nie verwunden.

Dann schlug er zu. Ich erinnere mich an den Schmerz. Aber auch, das klingt jetzt seltsam, an ein Gefühl des Triumphs. Ich hatte recht, und er hatte keine Antwort mehr außer dem nächsten Schlag.

Vielleicht könnten Sie meiner Tochter eine Notiz zukommen lassen? Anonym? Sie studiert in Paris ... die Adresse ... ich erinnere mich bestimmt an sie ... warten Sie, ja! Rue Buffault, Nummer 23. 75009 Paris. France, natürlich. Kathrin von Laubenberg, unsere Tochter. Sie soll Hempels Paradoxon nachlesen und Guntram darauf ansprechen, irgendwann. Herrlich, das wird ihm ewig zu denken geben. An Zufall glaubt er ebenso wenig wie Nietzsche. Kein Sieger glaubt an den Zufall, sagt Guntram immer. Ich wüsste wirklich gerne, ob er im Gefängnis ist.«

Montag, der 8. Juli 1991

N adine war nicht in der Schule.

Die anderen sahen mich schon wieder so fragend an, als ich ins Klassenzimmer kam. Inzwischen hatten alle mitbekommen, dass ich während der Schnitzeljagd beim Geburtstagsfest mit Nadine allein in einem Zimmer gewesen und ihr Großvater zu uns gestürmt war – ohne Hose und offensichtlich wütend auf mich. Außerdem sah ich wahrscheinlich so müde aus, wie ich war, hatte drei verpflasterte Finger und seltsamerweise einen Pulli an, obwohl es ein warmer Vormittag war. Hätte ich nur ein T-Shirt getragen, wäre mein Verband am Arm aufgefallen.

Niemand sprach mich an. Alle wussten, dass ich nur ungern redete. Offenbar hatte noch niemand mitbekommen, dass Nadines Opa am Sonntag gestorben war. Also einfach eine Doppelstunde Deutsch.

Die französischen Gastschüler, die sich neben und zwischen uns in den Klassenraum gequetscht hatten, guckten Löcher in die Luft oder schickten sich kleine Nachrichten. Sola nahm für sich in Anspruch, eher Betreuerin als Mitschülerin zu sein, und schlief sich bei mir zu Hause aus. Irgendwann landete ein kleiner Brief von Turo bei mir:

Die Verletzung an der Hand, war das der Alte? Tut's weh?

Ich sah zu ihm rüber und schüttelte mit dem Kopf. Mit einer Geste zeigte ich ihm, dass alles okay sei.

Er nickte.

Dann wieder *Steppenwolf*. Ich las:

» ... Ein Friedhof war unsre Kulturwelt, hier waren Jesus Christus und Sokrates, hier waren Mozart und Haydn, waren Dante und Goethe bloß noch erblindete Namen auf rostenden Blechtafeln, umstanden von verlegenen und verlogenen Trauernden, die viel dafür gegeben hätten, wenn sie an die Blechtafeln noch hätten glauben können, die ihnen einst heilig gewesen waren, die viel dafür gegeben hätten, auch nur wenigstens ein redliches, ernstes Wort der Trauer und Verzweiflung über diese untergegangene Welt sagen zu können, und denen statt allem nichts blieb als das verlegne grinsende Herumstehen an einem Grab.«

Aber was, dachte ich, wenn eben doch nicht alles endet, während man an diesem Grab steht?

Von den Toten lernte ich, dass die Menschen nicht klüger werden, wenn sie gestorben sind. Dass die Bösen nicht gut werden, die Guten nicht mehr böse. Dass die Dummen dumm bleiben. Die Klugen klug. Dass sie gewissenlos egoistisch werden in ihrem Verlangen, ihre Botschaft zu überbringen – aber möglicherweise ist Egoismus verzeihlich, wenn man nur noch sich selbst hat. Dass die Toten sich nicht für den Menschen interessieren, dem sie ihre Nachricht übermitteln. Dass sie manchmal sehr lang und manchmal so gut wie gar nicht warten müssen, ehe sie anrufen können, dass Zeit für sie keine Rolle spielt, obgleich sie noch immer spüren können, dass sie vergeht. Dass es für sie keine Gewissheiten gibt und keine Gesetze, dass sie sich auf nichts verlassen können, dass sie niemanden mehr haben, dass der Tod endgültig zu sein scheint und dennoch kein Ende hat. Dass es keine Rolle spielt, ob ihre Aufträge erfüllt werden oder nicht, dass es keine Beschwerden gibt und auch keine Strafe droht, wenn ihre Aufträge von mir nur schlecht oder gar nicht erfüllt wurden. Dass auch in ihrer

Welt Zufall und Chaos herrschen und dass niemand eingreift, niemand mitzählt und sich niemand sorgt.

Außer mir.

Herr Berger, 41 Sekunden, der fünfte Anruf. Der sich wünschte, ich solle zu seiner Beerdigung gehen, damit wenigstens einer bei ihm sei. Dabei war die Beerdigung längst vorbei. Ihm konnte ich nicht helfen.

Sabrina, die jünger war als ich, 1 Minute 14 Sekunden, der achte Anruf, die mich bat, einen Drachen für ihre Schwester zu bauen, sie hatte ihn ihr versprochen und konnte ihr Versprechen nicht mehr halten. Ich baute den Drachen.

Herr Czerni, dessen Namen ich kaum verstehen konnte, zwei Minuten, der 17. Anruf, der mich bat, seiner Frau von der Formel zu erzählen, die ihm nach seinem Tod eingefallen sei und die das Energieproblem der Menschheit lösen würde. Ich notierte die Formel, so gut ich konnte, und schickte sie anonym an die Stadtwerke und die Lokalzeitung der Stadt.

Frau Czerni, die nur eine Minute nach ihrem Mann anrief, 39 Sekunden, der 18. Anruf und das einzige Mal, dass das Telefon zweimal hintereinander klingelte, die an einem Herzanfall gestorben war, als sie ihren Mann tot im Garten gefunden hatte, wo er sich, wie auch immer, selbst mit einer Sense erstochen hatte. Sie erteilte mir keinen Auftrag, sie wollte nur wissen, ob ihr Mann noch lebe. Ich antwortete ihr, dass ich ihn eben gesprochen hatte, aber war mir nicht sicher, ob sie mich hören konnte. Sie fragte immer weiter: »Wo ist er? Wo ist er denn?« Und dann: »Hier ist er nicht. Hier ist niemand.«

Ein Kleinkind rief an, 14 Sekunden, der 31. Anruf. Es konnte noch nicht sprechen. Ich konnte nichts für das Kind tun.

Ein alter Mann, der 32. Anruf, 19 Sekunden, der mich auf ein Postschließfach hinwies, aber nicht dazusagte, wo er den

Schlüssel versteckt hatte. »Ich kann Sie nicht hören! Wieso sollte ich Ihnen trauen?« Als er verlangte, seine Tochter zu sprechen, war seine Zeit um. Ich konnte nichts für ihn tun.

Manche von ihnen hatte ich noch lebend gesehen, verdreht vor Schmerz oder auch gleichmütig schweigend, als sie auf einer Trage aus einem Krankenwagen ins Haus geschoben wurden. Die wenigsten wurden gleich auf die Station meiner Mutter verlegt, bei manchen hatte ich Angehörige klagen oder lästern gehört, auf der Station, im Aufzug, auf dem Parkplatz. Manche blieben stumm bis zum Ende. Zu manchen hatte ich viel notiert, zu anderen gar nichts. Eine verlangte nach einem Schluck Wasser für ihren ausgetrockneten Mund, sonst wollte sie nichts, es war die 34. Anruferin. Sechs Sekunden. Einer verlangte nach Gott, 16 Sekunden, der 45. Anruf. Beiden konnte ich nicht helfen.

Mein Vater hatte sich im Wald erhängt, mit dem Abschleppseil aus unserem Auto und an einem alten Eisenring, der aus dem Mauerwerk oben bei der Burg Falkenstein ragte. 17 570 andere Menschen haben sich im selben Jahr in Deutschland umgebracht, 11 796 davon Männer.

Warum töten sich Männer öfter als Frauen?

Meine Mutter erzählte mir, dass er immer wieder versucht hatte, im Casino beim Roulette Geld zu gewinnen. Und dass er stattdessen das wenige, was wir noch hatten, verlor. Irgendwann lieh er sich Geld von Freunden, dann von der Bank. Ich wusste, dass er schon lange Zeit immer wieder »spielen« ging, es klang harmlos, wie ein Hobby, so wie andere Väter zu Proben ihres Musikvereins gehen oder zum Handballtraining. Abends band er sich eine Krawatte um, dann tauschten meine Mutter und er seltsame Blicke im Gang, bis sie ihm zögernd

Geld aus ihrer Börse gab und ihn bat, mit »mindestens der Hälfte« zurückzukommen.

Er sah sie immer so bittend an, ein großer, kleiner Mann, bis er das Geld in Händen hielt. Sie zählte ihm die Scheine einzeln auf die Hand, als würde sie sich von jedem einzeln verabschieden. Erst drei, dann zögernd noch ein vierter Schein, zwei blaue, zwei braune. Mit dem Geld in der Hand wandelte sich sein Gesichtsausdruck, er schien zu wachsen, ein kleiner, großer Mann, selbstbewusst, siegesgewiss, ein Soldat, der die richtigen Waffen zur Hand hat und zu wissen glaubt, wie man sie benutzt.

Ich erinnere mich, wie er eines Abends nach Hause kam und ich von seinen Rufen geweckt wurde. Er wedelte schon in der Wohnungstür mit einem Bündel Geldscheine, Scheine mit alten Männern drauf und Zahlen, die ich noch nie auf Geld gedruckt gesehen hatte. Ich verstand nicht, was los war, aber ich verstand, dass etwas Gutes passiert sein musste, denn ich sah meine Mutter und das Strahlen auf ihrem Gesicht, sie wirkte nicht nur erleichtert, sondern leicht. War es möglich, dass sie gleich durch das Zimmer schweben würde? Absolut. Sie schwebte zu meinem Vater, der breitbeinig im Flur stand wie ein Räuberhauptmann, der nach einem fetten Beutezug zurück nach Hause kam, sie schnappte mich im Vorbeischweben mit dem linken Arm und küsste meinen Vater auf den Mund, wir jubelten, sie presste mich zwischen sich und meinen Vater, sie flüsterte »Jetzt wird alles gut« in sein Ohr, laut genug, damit ich es hören konnte. Auf meiner Backe spürte ich seinen groben Anzugstoff und roch seine Erleichterung und den Schweiß unter seinen Armen, vermischt mit Pitralon. So roch von nun an Hoffnung für mich. So was vermochte Geld.

Zwei Tage später zog er wieder los, im selben Anzug, mit derselben Krawatte und der unerbittlichen Ignoranz des Süchtigen in seinem Gesicht. Diesmal holte ihn Oberst Knispel ab, und sie verließen die Wohnung gemeinsam. Nachts wachte ich auf und fand meine Mutter weinend in der Küche, mein Vater war noch nicht zurück. Ich setzte mich zu ihr, auf ihren weichen Schoß, und streichelte sie am Arm. »Er hat alles mitgenommen«, sagte sie irgendwann. Ich schlief in ihren Armen ein und wachte in ihren Armen wieder auf, als mein Vater gegen drei Uhr morgens nach Hause kam, nüchtern, Alkohol war nicht sein Problem. Das Geld, das er vor zwei Tagen gewonnen hatte, war verloren, er gestand, er sei schon seit Stunden zurück, habe aber im Auto vor dem Haus gesessen und sich nicht zu uns zurück getraut. Niemand suchte Trost, niemand tröstete, niemand machte Tee, niemand sprach. Ich fühlte seine Enttäuschung und seine Wut auf sich und die Welt durch meine Müdigkeit hindurch, beides erfüllte den ganzen Raum. Ich war mir nicht sicher, was ihn mehr schmerzte: das Geld verspielt zu haben oder dass er sich nicht wieder einen Heldenempfang wie zwei Tage zuvor verdient hatte. Ich fühlte Schuld, weil ich mich vor zwei Tagen so mit ihm gefreut hatte, dass er sich diese Freude offenbar noch einmal verdienen wollte. Und ich war mir nicht sicher, wonach er sich mehr gesehnt hatte: nach einem weiteren Batzen Geld oder einem weiteren Batzen Anerkennung von uns.

Die Toten machten mir keine Angst. Die fremden Stimmen am Telefon waren unheimlich, das schon. Ihre eiligen Befehle, die keinen Widerspruch zuließen und auch keinen Zweifel, dass ihre Aufträge ausgeführt werden müssten, ließen mich nervös zurück. Aber weniger aus Furcht. Eher vor Aufregung.

Wenn so viele anriefen – warum nicht auch er?

Vielleicht hätten wir ein paar Sekunden.

Vielleicht würde er mich hören.

Ich könnte ihm erzählen, wie gern ich mich an die Pfannkuchen erinnerte, die wir sonntags gemeinsam gebacken hatten. Du und ich zusammen, Papa, weißt du noch? Wie der Teig Blasen warf, wenn wir die Pfanne ausnahmsweise gebuttert hatten, und dass wir die Blasen mit einem großen Holzlöffel flach drückten. Wie dabei manchmal ein Ton entstand, ein warmes, weiches Pfeifen, das mich immer zum Staunen und dann zum Lachen brachte, und weißt du noch, wie wir das nannten? Ja, Pfannkuchenmusik. Oder wie wir nach deinen Schätzen im Wald gesucht haben, du mit deinen selbst gemalten Karten in der Hand, und wie du irgendwann eine Stelle benannt hast, hier muss es sein, und dass wir nie eine Schaufel bei uns hatten, weil wir uns keine leisten konnten, und wie wir mit den Händen gruben, bis wir irgendwann aufgeben mussten, und wie du sagtest: »Aber wenigstens haben wir es versucht.« Und wie wir auf dem Weg zurück zum Auto Verstecken spielten und wie das gefallene Laub unter meinen Schritten raschelte und die kleinen Äste knackten und wie dein dicker Bauch immer hinter einem der Baumstämme zu sehen war, hinter denen du dich versteckt hattest.

»Warum hast du so einen dicken Bauch?«, hab ich dich mal gefragt.

Du hast gelacht. »Weil ich so viele schöne Erinnerungen mit Mama und dir habe, dass sie alle gar nicht mehr in meinen Kopf passen, deshalb hab ich sie hier rundrum am Bauch untergebracht. Da sind sie sicher.«

Irgendeine Frau von irgendeinem psychologischen Notdienst hatte sich in der Schule mal neben mich gesetzt, weil ich kaum mehr sprach. Sie erklärte mir, dass ich traurig sein dürfe, so lange ich wolle. Und dass das Gefühl vielleicht nie mehr weggehen würde. Die Trauer sei nun wie ein zusätzliches Zimmer in meinem Kopf, in das ich jederzeit gehen könne. Es sei sogar gut, wenn ich immer mal in diesem Zimmer vorbeischauen würde. Ich solle nur darauf achten, das Zimmer auch wieder verlassen zu können. »Die Tür sollte nicht zufallen.«

»Aber was, wenn jemand die Tür zugeschlossen hat?«, fragte ich.

Sie schaute besorgt und versuchte, meine Hand zu ergreifen. Ich zog sie weg.

»Es ist ein Zimmer in deinem Kopf, Mischa. Niemand kann es abschließen außer dir selbst.«

Das Buch lag aufgeschlagen vor mir auf dem Waldboden, gleich neben dem Loch, das ich dafür gegraben hatte, daneben 28 000 D-Mark in Tausenderscheinen aus dem Umschlag, auf dem Hotel Hilton Wien stand, und die ich mit einem Stein beschwert hatte. Darf man im Hochsommer ein Buch im Wald verbrennen? Oder brennt dann gleich der ganze Wald?

Als es zu dämmern begonnen hatte und meine Mutter zum Dienst marschiert war, hatte ich mich wieder auf den Weg gemacht.

Das Loch hatte ich mit einem Schöpflöffel aus unserer Küche gegraben, eine Schaufel besaßen wir nicht. Anderes Gartenwerkzeug auch nicht, wir hatten ja auch keinen Garten.

Sola schlief schon. Sie hatte mich kein einziges Mal zu unserem Einbruch in der vergangenen Nacht befragt – und sie wollte auch nicht wissen, was wir gestohlen hatten.

Ich hatte zuvor erst einmal in meinem Leben einen Tausendmarkschein in der Hand gehabt. Als mein Vater damals damit aus der Spielbank kam. Ich wusste immer noch nicht, wer der Mann mit Glatze auf den Geldscheinen war. Die Scheine fühlten sich glatt und wuchtig an. Sie stellten Unvorstellbares

dar. Auf Papier gedruckte Möglichkeiten. Einen Ausweg. Sorg-
losigkeit. Schutz. Glück.

Sie waren mir unheimlich.

Das Buch war eine Art Fotoalbum.

Ich schaute es mir mit unserer Taschenlampe an, während
ich auf dem Waldboden saß. Es waren Fotos nackter Menschen
darin, die Dinge machten, die ich noch nie gesehen hatte, die
ich mir nicht einmal hätte vorstellen können, die ich auch
nicht für denkbar gehalten hatte. Zwei Männer, die eine blonde,
nackte Frau begafften, in einer Hand hielt sie eine Peitsche.
Eine Frau, die ihren Rock gerafft hatte, über einem Mann
stand und ihm auf den Bauch pinkelte. Alle Frauen hatten
stark geschminkte Gesichter, lange blonde oder lange rote
Haare, die aussahen wie Perücken. Sie schienen zu lachen, aber
jedes Lachen wirkte verrutscht. Ich blätterte erst zögerlich weiter, dann immer rascher. Die Männer hatten dunkles Haar auf
dem Rücken und den Oberarmen, sie machten große Augen,
ihre Lippen glänzten, als hätten sie sich alle kurz vor dem Foto
mit der Zunge darübergeleckt. Auf einem Bild war der Vater
von Dr. Wolfram zu sehen, auch nackt, er war an ein Holz-
kreuz geschnallt, eine blonde Frau in einem langen weißen
Kleid hielt eine brennende Kerze über seinen steifen Penis, es
sah aus, als würde sie Wachs darauf tropfen lassen. Auf anderen Bildern waren Menschen beim Sex auf Sofas, auf Toiletten
oder im Wald zu sehen, verdreht und verquer, hinter- und
übereinander, die Köpfe der Personen waren mit krumm aus-
geschnittenen Gesichtern überklebt, meist mit den Gesichtern
von Schauspielerinnen, *Tagesschau*-Moderatoren und immer
wieder auch von Nadine. Ihr lachendes Mädchengesicht auf
den Körpern der erwachsenen Männer und Frauen ließ die
Fotos noch unheimlicher wirken, als sie ohnehin waren. Mir

wurde übel. Wegen der Bilder und dem, was sie zeigten, und wegen meiner Unfähigkeit, das Buch einfach zuzuklappen. Irgendeine düstere Kraft ließ mich immer noch eine Seite weiterblättern, wo ich längst schon nichts mehr sehen wollte – zumindest bildete ich mir ein, dass es eine düstere Kraft war und nicht nur meine verstörende, pechschwarze Neugier.

Eine Seite zeigte das Zimmer in der Villa, in dem ich mit Nadine gestanden hatte. Ein nacktes Mädchen saß auf dem kleinen weißen Schemel neben dem Bett, die Hände hatte sie um ihre Knie geschlungen, ihr Kopf war mit dem Gesicht von Dagmar Berghoff beklebt, der Nachrichtensprecherin, achtlos und eckig aus einer Programmzeitschrift ausgeschnitten. Ich wagte nicht, das Gesicht von Dagmar Berghoff abzuknispeln.

Endlich klappte ich das Buch zu und wusste, dass ich es vielleicht verbrennen könnte, die Bilder aber nie wieder aus meinem Kopf kriegen würde. Ich hatte zu viel gesehen.

Was geschieht, wenn man nicht tut, was die Toten von einem fordern?

»Pack es nicht aus, sonst ...«

Ich hatte Streichhölzer dabei. Das Packpapier knüllte ich zusammen und schob es unter das Buch in das Erdloch, auch den Briefumschlag aus dem Hotel. Die riesigen Geldscheine faltete ich zweimal und wollte sie in meine Hosentasche stecken, aber sie passten nicht hinein. Ich teilte sie auf und steckte den einen Teil in die linke, den anderen Teil in die rechte Tasche meiner Hose. Dann zündete ich das Packpapier im Erdloch an, legte etwas Reisig darauf, das Buch legte ich obenauf. Das Papier in der Grube glomm nur zögerlich an den Rändern und wollte nicht brennen. Ich versuchte es so lange, bis ich alle Streichhölzer verbraucht hatte. Dann gab ich auf, überlegte kurz, ob ich das Buch hier vergraben sollte, schüttete am Ende aber nur etwas Erde über die Feuerstelle und nahm das Buch wieder mit mir. Die Tausenderscheine beulten meine Hosentaschen aus. Wenn ich meine Hand ausstreckte, schien sie in der Nachtschwärze zu verschwinden. Aber vielleicht war ich auch einfach nur sehr müde.

Es gab keinen Platz in meinem Zimmer, der mir als Versteck für das Buch sicher genug erschien. Also entschied ich mich, es zu verstecken, indem ich es nicht versteckte. Ich schob es mit dem Buchrücken zur Wand zwischen die Schulbücher auf meinem Schreibtisch. Das Geld, also jedenfalls das meiste davon – 26 Tausendmarkscheine – umwickelte ich ein paarmal mit Klopapier und steckte es in eine Plastiktüte, die ich unter unserem Balkon am Fuß einer Birke vergrub. Ihr Stamm und ihre Äste ragten so hoch, dass ich vom Balkon aus an ihr hinabklettern konnte.

Zwei Tausendmarkscheine, mehr Geld, als ich jemals hatte oder hätte ausgeben können, steckte ich in eine kleine orangefarbene Geldkassette, die mir meine Eltern zum achten Geburtstag geschenkt hatten. Ich hatte genügend Ideen, was ich mir von dem Geld kaufen könnte. Ich hatte bloß keine Ahnung, wie ich einem Verkäufer oder einer Verkäuferin oder meiner Mutter erklären sollte, wie ich an Tausendmarkscheine gekommen war.

Sola erzählte ich nichts von dem Geld.

Ich bin mir ziemlich sicher, dass sich die Menschen zu viel auf ihre Träume einbilden. Am Ende sind Träume nur durchgepauste Gedanken und Erlebnisse, spiegelverkehrt zu lesen auf der anderen Blattseite unserer Wahrnehmung. Nachts im Schlaf besah ich mir mit einem Monokel auf dem Auge Vaginen, Glieder und Brüste von monsterhaften, haarigen Clowns, die mir die Zunge verknoten wollten. Je näher ich ihnen kam, desto unschärfer waren die Körper zu sehen. Mir wurden Gurken so tief in den Rachen geschoben, dass ich mich erbrechen musste, während ich angekettet am Boden lag, an meinem Erbrochenen drohte ich zu ersticken. Meine gesichtslosen Klassenkameraden wurden von großen Piratenschiffen über Bord gestoßen, ich sah sie im Wasser um sich schlagen und dann untergehen. Mein Vater stand im Ausguck und rief mir etwas zu, das niemand hören konnte. Auf den Segeln klebten ausgeschnittene Augen und Nasen aus Papier, zusammengesetzt zu Wesen, die keinen Mund hatten, aber flüstern konnten. *»Sag niemandem ein Wort, hörst du, Junge? Sag niemandem ein Wort. Sag, willst du sie anfassen?«*

Ist man etwas Besonderes, weil man Besonderes kann? Oder wird man zu etwas Besonderem gemacht? War ich den Toten nah, näher als andere, weil sich mein Vater umgebracht hatte? Weil ich in einem Krankenhaus lebte und den Geistern zufällig die erste greifbare Seele gewesen war? Oder weil ich mich manchmal selbst wie ein Geist fühlte? Weil ich wie durchsichtig durch die Stadt ging und in die Schule, wo ich Überschriften ordentlich mit dem Lineal unterstrich, verlässlich meine Hausaufgaben erledigte, nie ganz hinten und nie ganz vorne saß; alles, um nicht aufzufallen, um durchsichtig zu bleiben in diesem krummen, schmerzenden, unklaren Leben, um Ruhe zu haben, um auf die Welt zu schauen, statt auf mich schauen zu müssen.

Ich weiß noch, dass ich nichts mehr sein wollte, als mich meine Mutter im Arm hielt, nicht mal mehr das wenige, das ich noch war. Dass sie mir erzählte, wo man meinen Vater gefunden hatte, dass sie sagte, dass wir jetzt nur noch zu zweit seien und nicht mehr zu dritt und dass ich ihn noch mal sehen könnte, wenn ich wirklich wollte, und dann gingen wir zusammen irgendwohin, aber ich sah nur seine Füße und seine Beine, und da hatte ich schon genug. Ich weiß noch, dass meine Mutter zugleich nach Vanille und Desinfektionsmittel roch und ich mich an sie schmiegte wie lange nicht mehr, nicht nur, um sie zu spüren, sondern um mich zu spüren, und dass ich dachte: Wie soll ich noch ein Ganzes sein, wenn mein Vater fort ist, der doch eine Hälfte von mir war, und dass ich spürte, dass meine Mutter auch kein Ganzes mehr war, bestenfalls noch ein Halbes, wir waren also nicht mehr drei, aber auch nicht mehr zwei, sondern zusammen höchstens noch eins.

Vielleicht meldeten sich die Toten bei mir, weil ich zur Hälfte längst einer von ihnen war.

#24, 13.1.1991

»*Ich bin da.*

Vielleicht sagen Sie ihm, dass ich ihn nie geliebt habe. Dem Orcan.
Orcan Ismaeli.

Der hat doch jetzt den Kleinen. Er soll ihn Ismet nennen. Damit
der Kleine heißt, wie Orcans Opa hieß: Ismet Ismaeli. Wo er sich
jetzt allein kümmern muss. Dann darf er auch entscheiden. Er
wohnt im zwölften Stock vom ... ich hab vergessen, wie das heißt.
Ich hab alles vergessen. Weil ... es ist nichts hier, nichts. Es ist ...
alles vorbei. Sagen Sie, Fatima schickt Sie. Sagen Sie: Kalp kalbe
karşı, *dann wird er Ihnen glauben, dass ich Sie geschickt habe.*

Nein. Nein. Sagen Sie doch, dass ich ihn immer liebe. Auch jetzt.
Auch wenn nichts mehr da ist. Ich nicht und er nicht und die Welt
nicht und die Liebe nicht und der Kleine ... ich hab ihn nie gesehen,
aber ich habe ihn gespürt. Ich weiß, dass er ... bitte. Er soll ihn küs-
sen von mir, auf die Stirn. Das ist die Wahrheit. Es ist nichts mehr.
Hier ist nichts, verstehen Sie? Ich weiß noch, dass es war. Aber es ist
nicht mehr. Und obwohl es schon nicht mehr ist, vergeht es immer
weiter. Es ist nichts mehr und wird doch immer noch weniger.«

Dienstag, der 9. Juli 1991

orgen fahren wir los, und wir werden reich, mein kleiner Affe.«

Sola saß wie jeden Morgen auf dem Balkon. Sie trug wieder nur ein langes T-Shirt und war barfuß. Neben ihr stand eine große Tasse, in der aber nur wenig Kaffee war. Als sie danach griff, verstand ich auch, wieso.

Ihre Hände zitterten so stark, dass sie den Kaffee verschüttet hätte, wäre er in einer kleineren Tasse gewesen.

Sie sah meinen Blick, ich musste gar nichts fragen.

»Ist mal so und ist mal so.«

Ich nickte.

»Was liest du?« Ich deutete auf das Buch auf ihrem Schoß.

»Rousseau. *Économie politique.*«

»Ein Franzose?«

»Schwierig zu sagen. Eigentlich nicht. Er ist in *Genève* geboren, aber damals war Durcheinander. *Genève n'était pas française, mais pas suisse non plus.*«

»In Genf wohnen die ganz Reichen, oder?«

»*Oui,* heute ist Genf sehr reich mit viel bösem Geld. Sag, mein kleiner Affe, wie wichtig ist Geld für dich?«

»Wir hatten nie welches. Deshalb war es immer wichtig.«

Ich erinnerte mich an die leuchtenden Augen meines Vaters, als er uns die gewonnenen Geldscheine aus dem Spielcasino in Konstanz präsentierte.

Ich erinnerte mich, wie mich meine Mutter schimpfte, weil

ich meinem Schulfreund Marc Langenbacher Toastbrote geschmiert hatte, als er mal bei uns zu Besuch war und Hunger bekam. Als er ging, war kein Toastbrot mehr da – und wir hatten kein Geld, um neues zu kaufen.

Ich erinnerte mich, wie meine Mutter mit weißer Textilfarbe und einer selbst geschnittenen Schablone ein »Nike«-Symbol auf eines meiner T-Shirts malte, weil ich mir so dringend ein Nike-Hemd gewünscht hatte, wir uns aber keines leisten konnten.

Ich erinnerte mich an den ersten Tag nach den Schulferien, an dem alle von ihren Urlauben erzählten, von Italien, von der Dominikanischen Republik, von Flugzeugen und Kokosnüssen, und dass ich nichts zu erzählen hatte außer von endlos langen Sommertagen im Freibad. Und dass ich am Kiosk nur Capri oder Milch-Flip kaufen konnte, das waren die günstigsten Eissorten, und für mehr als eines reichte mein Geld nie.

Ich erinnerte mich, wie ich eines Abends an der Hand meiner Mutter vor einem Geldautomaten stand. Ich war neun Jahre alt. Ihre Hand war warm, wie immer, auch im Winter. Sie steckte die Karte in den Schlitz und wurde aufgefordert, die Geheimnummer einzugeben.

Sie gab die Nummer ein.

Auf dem Display erschien ein Hinweis, der sie entsetzt aufrufen ließ. »O Gott, o nein, bitte nicht!«

Sie ließ meine Hand los und drückte auf »Abbrechen«, mit den Zeigefingern beider Hände zugleich, als würde mehr Druck auf der Taste den Vorgang doch noch ermöglichen.

Auf dem Display stand:

Ihr Kreditrahmen ist überzogen.

Ihre Karte wurde eingezogen.

Bitte wenden Sie sich an unsere Mitarbeiter in dieser Filiale.

Meine Mutter, die Frau, die Sterbende wiederbeleben konnte

und medizinische Vorgänge wie lateinische Zaubersprüche vor-
beten konnte, weinte.

»Wir haben kein Geld mehr.«

Tränen liefen ihr über die Wangen.

»Es tut mir leid, Mischa. Wir haben jetzt kein Geld mehr,
um was einzukaufen.«

Abends gab es nichts zu essen, und gegen den Hunger trank
ich Wasser aus dem Hahn.

»Es ist lustig. Für die Menschen in Zaïre, wo meine Eltern her-
kommen, bedeutet Geld Freiheit. Für mich auch. Hab ich Geld,
bin ich frei. In Deutschland ist es anders. Für euch ist Geld
nicht Freiheit. Für euch ist Geld nur Sicherheit.«

»Ist Sicherheit nicht viel wichtiger?«, fragte ich.

Sola zuckte mit den Schultern.

»Wie man es nimmt, mein kleiner Affe. Ab wann ist man si-
cher mit Geld? Hunderttausend? Zweihunderttausend? *Jamais?*
Wenn du Geld um dich herum stapelst wie eine Mauer, zum
Schutz, dann vergisst du vielleicht, dass du nicht unbedingt
Geld brauchst, um sicher zu sein. Und dass man auch andere
Dinge damit machen kann. Die Welt sehen. Anderen helfen.
Dir Träume erfüllen. *Faire le bien.* Ein eigenes Telefon kaufen.
Ich könnte mit Geld endlich zurück nach Zaïre. Geld ist ein
Mittel, nicht der Zweck. *L'argent qu'on possède est l'instrument
de la liberté; celui qu'on pourchasse est celui de la servitude.*«

»Was?«

»Das sagt Rousseau.«

»Was sagt der?«

»Dasselbe wie ich: Wenn du Geld hast, gib es aus.«

Ich kam zu spät in den Unterricht, absichtlich. So bemerkten
alle, dass ich da war.

Nadine fehlte auch an diesem Tag. Die Nachricht, dass ihr Großvater kurz nach dem großen Geburtstagsfest gestorben war, hatte die Runde gemacht.

Ich spürte die Blicke der anderen, sie hielten es kaum aus, nicht zu erfahren, was genau geschehen war. Aber sie trauten sich nicht, zu fragen. Ich hätte ihnen auch nicht geantwortet.

Warum sollte ausgerechnet ich über den Tod sprechen, wo es auch sonst niemand tat? Im Krankenhaus, unter den Pflegern und Ärzten, bei allen Gesprächen in der Kantine, auf Station, in der Kaffeeküche, war jeder Tod stets ein ärgerlicher Zwischenfall, ein Zeichen von ärztlichem Versagen oder zumindest von Unfähigkeit, ein Affront gegenüber den medizinischen Möglichkeiten, ein Fehler im System, eine Abweichung von der Norm. Jeder Tote ein Beweis des eigenen Scheiterns. Deshalb wurden die Ursachen besprochen, vom Endergebnis allerdings wurde geschwiegen. Sterbenden – auch sie waren schließlich Gescheiterte, endgültig gescheitert an ihrem Leben – hatte man bis zuletzt Aussicht auf Heilung gegeben, bis zum Schluss wurden sie Schwerkranken gleichgestellt, selbst wenn ihr Fall längst aussichtslos war. Kein Sterbenswörtchen über den Tod. Als ich meine Mutter einmal darauf ansprach, wie viel in unserem Haus gestorben und wie wenig Raum dem Tod gelassen wurde, erklärte sie mir das Schweigen, auch ihr eigenes Schweigen gegenüber den Patientinnen und Patienten, damit, dass offene Worte nur mehr Stress bedeuteten.

»Am wenigsten gern sterben die, die dem Tod schon gehören. Und wer stirbt, will reden. Aber dafür habe ich keine Zeit.« Wer in Unkenntnis über den eigenen Zustand bleibe, sterbe ruhiger – und das bedeute für sie weniger Arbeit.

Ebenso war es auch in der Schule, in der Stadt, in der Welt, die ich kannte: Der Tod wurde totgeschwiegen. Menschen dazu zu zwingen, über den Tod zu sprechen, war, als würde man sie zwingen, in die Sonne zu blicken. Es war ihnen nicht unmöglich, sie konnten es für eine Sekunde. Dann mussten sie wegsehen. Früher starben die Menschen zu Hause, umgeben von ihren Verwandten, als »schöner Tod« galt ein öffentlicher Tod, ein lauter Tod, ein gemeinsamer Abschied und zugleich ein großer Empfang. Heute ist der »schöne Tod« ein stilles Ende, am besten im Schlaf, einzige hinnehmbare Zumutung ist das leise Requiem einer rhythmisch piepsenden Herz-Lungen-Maschine. Bis es dann aus ist.

Also, angeblich.

Abends stand Sola mit zwei Rucksäcken vor mir, die sie in der Stadt besorgt hatte.

»Einer für mich, einer für dich.«

»Ich hab doch einen … die … die sehen gut aus, woher hast du die?«

»Geborgt bei der … *non*, bei dem Sportgeschäft. *Aucun problème.*«

»Bei Sport-Schuster?«

»Ich glaube, *oui*. Keine Sorge. Wenn wir reich sind, geben wir ihm das Geld. Jetzt gerade haben wir leider nix.«

Natürlich hatten wir was.

Ich ging in mein Zimmer, öffnete die orange Geldkassette und holte die beiden Tausendmarkscheine heraus. Sie fühlten sich irgendwie anders an, besser, fast so, als wären sie durch einen Zauber in der kleinen Kasse zu Geld geworden, das mir tatsächlich zustand.

»*Mon Dieu* ist das echt?« Sola machte große Augen, als ich ihr die beiden Scheine unter die Nase hielt.

Darüber, dass es Falschgeld sein könnte, hatte ich nie nachgedacht.

Sie griff nach den Scheinen, ich gab sie ihr.

»Wie viel ist das in Francs?«

Ich hatte keine Ahnung.

Sie überlegte. »Der Kurs ist so was wie drei zu eins. Also ... 6000 Francs? Du machst mir Spaß. Woher hast du das Geld?«

»Es war in dem Koffer.«

»Ah. Der Einbruch?«

Sie schaute mir in die Augen. »Ist es böses Geld?«

Ich zuckte mit den Schultern. »Ich weiß nicht. Könnte sein.«

»Gehörte es dem Opa ohne Hose?«

Ich nickte.

»*Alors, indemnité pour blessure!* Schmerzengeld! *Et voilà,* schon haben wir jetzt genug Mäuse für die Reise. *C'est bon.* Das reicht.«

#39, 28.4.1991

»Dass ausgerechnet mir das passiert. Im Garten kenn ich mich
eigentlich aus. Aber wie es so ist. Schaut man einmal nicht genau
hin.

Die haben gedacht, ich kriege das nicht mit im Krankenhaus.
Weil ich nichts sagen konnte. ›Komatös.‹ Ich hab immer nur gehört: ›Könnte vergiftet worden sein.‹ ›So was, erst fünfzig!‹ Aber
sie haben nichts gefunden.

Wer macht jetzt den Garten? Der Luis bestimmt nicht.

Jedenfalls bitte ich Sie: Gehen Sie zu ihr. Auf dem Moosenmättle 7,
bei Schumacher. Sie soll achtgeben, wenn sie das nächste Mal
glaubt, Bärlauch zu ernten. Wenn sie wieder Maiglöckchen erwischt, bringt sie den Nächsten um.«

Mittwoch, der 10. Juli 1991,

bis 17.34 Uhr

Der Peugeot 205 roch noch immer nach meinem Vater, besonders, wenn es draußen warm war. Als könnte die Wärme der Sonnenstrahlen durch die Seitenscheiben hindurch eine chemische Reaktion in den durchgesessenen Polstern und auf dem Plastik der Verschalung auslösen und Körpermoleküle aktivieren, die er im Wagen hinterlassen hatte.

Wenn wir zu dritt unterwegs waren, war die Sitzordnung immer dieselbe gewesen, als hätte die Vorsehung Platzkarten verteilt: mein Vater am Steuer, meine Mutter neben ihm, ich hinter meinem Vater. Sommers wie winters hatte er das Fenster auf der Fahrerseite wenigstens einen Spalt geöffnet, um die Glut seiner Selbstgedrehten nach draußen schnippen zu können. Der Fahrtwind blies den Rauch der Zigaretten zu mir nach hinten, nach einer langen Reise rochen mein Haar und meine Klamotten wie nach einem Lagerfeuerabend. Ich hasste es, sagte aber nie etwas.

Ziemlich sicher würden wir noch seine Tabakkrümel unter der Fußmatte finden, zerbröselte Andenken. Er war stolz darauf, dass er seine Zigaretten mit einer Hand drehen konnte, natürlich während der Fahrt. Die Tabakpackung mit einer roten Hand darauf lag auf seinem rechten Oberschenkel, darin waren auch die beinahe durchsichtigen Blättchen. Seine Zunge zwischen den ganz leicht geöffneten Lippen, um das Papier anzufeuchten, die Vorfreude im Gesicht. Er rauchte gern und viel. Meine Mutter nahm es hin, so wie alles, so wie ich, und streichelte auf der Fahrt seinen Nacken. Wies man ihn darauf hin, dass seine Lieblingsbeschäftigung ungesund sei, antwortete er: »Sterben müssen wir alle.« Oder: »Wenn, dann so.« Oder: »Einen Tod muss man sterben.«

Im Nachhinein hatte er damit natürlich recht.

Sola setzte sich ans Steuer, wackelte den Rückspiegel zurecht, verstellte den Sitz, wackelte noch mal am Rückspiegel, kurbelte das Fenster herunter und verstellte auch noch den Seitenspiegel. Ich saß auf dem Platz meiner Mutter. Auf der Rückbank lagen zwei Plastikflaschen Wasser, die beiden leeren Rucksäcke, eine Taschenlampe und eine Tüte mit geschmierten Broten und ein paar Äpfel. Sola hatte eingekauft.

Ich hatte noch immer keine Ahnung, was wir vorhatten.

»Rot ist die beste Farbe für einen Peugeot. Ich bin sehr zufrieden.«

»Sola, du bist 17, oder?«

»*Oui*, mein kleiner Affe, warum?«

»Bei uns kann man erst mit 18 ein Auto fahren.«

»Bei uns auch. Aber ich kann das. Ich fahr doch auch Scooter.«

Sie startete den Wagen, legte den Rückwärtsgang ein, seltsamerweise war der Tank voll. Sola drehte sich nach hinten um, fasste dabei mit der rechten Hand meine Kopfstütze, überlegte kurz und wuschelte mir einmal durchs Haar.

»Kein Gel, *très bien*.«

Ich dachte an die aufgestellten Haare von Vincent, ihrem Freund.

»Vincent nimmt auch Gel.«

Sie schaute mich mit einem Grinsen an. »Vincent ist kein Wuschelkopf wie du. Vincent ist ein Stachelkopf. Jeder ist anders. Bringt nix, andere nachzumachen.«

Dann schaute sie wieder über ihre Schulter und manövrierte den Peugeot souverän rückwärts um einen Pfeiler.

»Wie hast du meine Mutter dazu gebracht, dir den Schlüssel zu geben?«

»Ich hab gesagt: *Madame*, Sie können mich vertrauen.«

»Wirklich?«

»Quatsch. Ich hab nicht gefragt.«

»Was? Halt an, sofort!«

Sie fuhr weiter. »*Calme-toi*. War ein Witz. Deine *Maman* ist cool. Sie vertraut mich.«

»Also war sie einverstanden?«

»Natürlich.«

Ich beschloss, ihr zu glauben. Es war einfacher.

Ich sah Sola von der Seite an.

»Du lachst so selten«, sagte ich.

»Ja. Aber ich bin nicht traurig. Ich bin nur nicht lustig. In meinem Rucksack sind Straßenkarten.«

Wir bogen auf die Schillerstraße ein. »Fährt man bei euch links oder rechts?«

Ich zog die Luft ein. Sola lachte.

»Wo ist die Autobahn, mein kleiner Affe? Und darf ich da wirklich fahren, so schnell ich will?«

Die Reise mit dem Zug hatten wir abgesagt. Sola und ich hatten uns am Dienstag im Reisebüro Bühler in der Hauptstraße die Verbindungen nach Halberstadt geben lassen, unter den sehr zweifelnden Blicken einer Angestellten, Frau Braun, die vermutlich dachte, wir wollten sie verarschen. Die lange Liste an Uhrzeiten, Gleiswechseln und Zwischenzielen – von Rottweil nach Stuttgart nach Frankfurt nach Braunschweig nach … Achtung, Verzögerung wegen Spurwechsels Richtung Osten … Halle und schließlich nach Halberstadt – ließ uns das Vorhaben aufgeben. Die Reise hätte ewig gedauert, und Sola sagte, wir hätten nicht viel Zeit. Am Freitag sollte die Austauschgruppe schon wieder zurück nach Frankreich fahren.

Sola fuhr, als dürfte sie fahren. Sie fuhr sogar besser, als meine Mutter oder mein Vater je gefahren waren. Sie kuppelte sanft, fuhr Kurven in ausladender Spur, überholte nicht. Vielleicht hatten wir es eilig. Aber offenbar auch nicht so eilig. Als wir die Stadt verlassen hatten, aus dem Tal herausgefahren waren und die Ebene erreichten, strahlte breites Morgenlicht durch die verschmierte Windschutzscheibe. Sola kippte die Sonnenblende nach unten, etwas fiel ihr in den Schoß. Der Führerschein meines Vaters, ein abgegriffener, grauer Lappen. Sie reichte ihn mir.

»Guck, ich hab doch einen Führerschein.«

Ich begann zu weinen, als ich das Papier in Händen hielt, so wie es mir seit seinem Tod manchmal passierte. Ich hatte nie den einen großen Weinanfall. Meine Tränen schienen von einem unsichtbaren Stauwehr zurückgehalten zu werden, über das ich selbst keine Kontrolle hatte. Gelegentlich öffnete sich dieses Wehr, unvorhersehbar für mich, und ließ etwas Salzwasser ab. Ich schaffte es nicht, das Papier aufzuklappen und mir sein Foto anzuschauen. Stattdessen strich ich einige Zeit mit dem Daumen über den Führerschein, dann steckte ich ihn auf meiner Seite hinter die Sonnenblende.

Sie fuhr weiter, ließ mich weinen und mich beruhigen, nur die rechte Hand hatte sie am Steuer. Die Sonne wärmte mich durch die Scheibe hindurch.

»Er hat sich umgebracht.«

»*Oui, je sais.*«

Ich wischte mir die Tränen von der Backe und schaute erstaunt zu ihr.

138

»Woher?«

»Deine *Maman* hat's erzählt.«

Wir schwiegen. Es tat gut, schweigen zu können, weil ich es wollte. Und nicht, weil ich musste.

Es schien, als würden nicht wir uns bewegen, sondern die Welt um uns, an uns vorbei. Als würden die Vögel, die gelegentlich vorbeiflogen, von Schaustellern an unsichtbaren Fäden in unser Blickfeld geschwungen werden, als wären die Bäume, die Felder, die Wiesen, die Häuser auf ein gewaltiges Laufband gestellt worden und als würde dieses Laufband zugleich links und rechts von uns vorbeigezogen werden, wie auf einer Theaterbühne, als hätten Bühnenbildner dem Himmel verschiedene Blautöne gemalt und aus einer gusseisernen Laterne eine strahlende Sonne gefertigt.

Sola hielt das Steuer mal mit einer, mal mit beiden Händen, meistens blieb sie auf der rechten Spur der Autobahn, immer Richtung Norden. Oberndorf, Horb, Tübingen, Böblingen, ich hatte die Karte aufgeschlagen auf das Armaturenbrett gelegt, aber sie erkundigte sich nicht nach dem Weg, es schien ihr völlig klar, wohin sie zu fahren hatte.

»Ich hab *musique* dabei.«

»Küül oder Pöpshit?«

Sie musste wieder lachen. »Ganz anders.«

Sie bat mich, eine Kassette aus dem Seitenfach ihres Rucksacks zu kramen, wieder eine Maxell Chrome 90er, unbeschriftet, und wollte sie einlegen, aber im Kassettendeck steckte noch eine andere, die ich erst auswerfen musste. Die A-Seite von Hannes Wader, die B-Seite Georges Brassens. Die Lieblingssänger meines Vaters.

Ich musste schon wieder weinen.

»Wann ist er gestorben?«, fragte Sola.

Ich bemerkte, dass ich das genaue Datum wirklich nicht mehr wusste. Wie so vieles aus der Zeit seines Todes war auch das irgendwo verschüttet.

»Vielleicht vor einem Jahr oder so, ich weiß es nicht genau, bisschen länger als ein Jahr. Es ist alles durcheinander aus der Zeit.«

»Willst du seine *musique* hören?«

Lieber nicht.

Also hörten wir Solas Lieder.

'Twas in another lifetime, one of toil and blood
When blackness was a virtue and the road was full of mud

Die Melodie hatte denselben Takt wie mein Herzschlag, wie mein Kummer, wie mein Leben.

I came in from the wilderness, a creature void of form
»Come in«, she said, »I'll give you shelter from the storm.«

Stuttgart, Heilbronn, Nürnberg, Bayreuth. Hier war ich noch nie gewesen.

Andere Lieder. Zeilen, die mich trösteten, ohne dass ich sie verstand, die ich zum ersten Mal hörte und doch schon genau zu kennen glaubte.

The long and winding road that leads to your door
Will never disappear, I've seen that road before

Ich weinte immer wieder und lächelte still, weil die Musik so schön war und ich mich sicher fühlte, ich hatte die Füße auf das Armaturenbrett gelegt, wie es manchmal meine Mutter getan hatte, wenn wir alle gemeinsam fuhren. Sola sang leise mit bei den Liedern, sie kannte sie auswendig.

Et chaque fois, les feuilles mortes
Te rappellent à mon souvenir
Jour après jour
Les amours mortes
N'en finissent pas de mourir

»Mein kleiner Affe, hast du die Maus dabei, wir müssen bald tanken.«

Ich war eingeschlafen und brauchte einen Moment. Dann grinste ich über Solas krumme, schöne Logik. Wenn viele Scheine »Mäuse« sind, muss ein einzelner Schein »eine Maus« sein. Ich holte den Tausendmarkschein aus meiner Hosentasche und gab ihn ihr.

Sie hatte vor einer hell erleuchteten Tankstelle an der Autobahn geparkt. Es war ungefähr mittags. Ich spürte, dass sie nervös war.

»Ich mach das. Du bleibst hier.«

»Okay. Meinst du?«

»Was soll schon passieren? Ich tanke, ich habe Geld, ich bezahle.«

»Meine Mutter sagt immer, dass meine größte Gabe sei, dass ich so schauen könnte, als hätte ich noch nie was ausgefressen.«

»Was heißt ausgefressen? Wie den Teller fertig gegessen?«

»Nee, als hätte ich noch nie was Verbotenes gemacht.«

Sola schaute mich wie zum ersten Mal prüfend von der Seite an.

»Mütter sagen komische Sachen. Aber sie hat recht. Du guckst unschuldig. *Bon.* Komm mit. Ich weiß eh nicht, wie man tankt.«

Das wusste ich auch nicht. Wir liefen einige Male um das Auto und suchten den Tankdeckel. Dann brauchten wir einige Zeit, um ihn zu öffnen. Zum Glück erinnerte ich mich daran, welche Sorte Benzin meine Eltern immer getankt hatten.

Als wir nebeneinander Richtung Kassenhaus liefen, hielt ich den Tausendmarkschein dreimal gefaltet in der Hand.

Vor uns war eine kurze Schlange von Kunden.

Sola bedeutete mir, dass ich ihr das Geld geben solle.

»Lass mich das machen. Du zitterst immer so, das ist ja noch auffälliger.«

Sie schaute mich skeptisch an: »Das ist nur *un tic*. Das haben viele Menschen. Nicht so viele Menschen sind ein Baby wie du und haben 3000 Francs Tankmäuse.«

Ich behielt das Geld in meiner Faust.

Sie schüttelte den Kopf.

Als wir vor dem Mann am Tresen standen, sagte Sola: »Nummer 4, bitte.«

Der Kassierer war ein älterer Mann mit Glatze und einem dichten, braunen Schnauzer. Er trug eine dunkelblaue Latzhose mit dem aufgestickten Logo der Tankstelle und darunter ein weißes T-Shirt und schaute Sola erstaunt an, als hätte er noch nie eine schwarze Frau gesehen. Hatte er vielleicht auch nicht.

»Spricht die Deutsch?«, fragte er mich.

Ehe ich antworten konnte, sagte Sola: »Sie spricht. Und sie raucht. Sie möchte zwölfmal Tabak von der Roten Hand. Und kleine Papiere. Für den Dreh. Und Tic Tac. Orange. Viermal.«

Sie nahm die vier Plastikpäckchen Tic Tac aus der Auslage und stellte sie vor den Verkäufer auf den Tresen.

Er schaute erst Sola, dann mich verwirrt an. Schließlich griff er nach dem Tabak.

»Sind nur noch sechs Packungen da.«

Wieder sprach er mich an.

Wieder antwortete Sola.

»Dann nehm ich sechs.«

Er überlegte kurz, blickte auf Sola, zuckte mit den Schultern und legte die länglichen Tabakpäckchen vor uns auf den Tresen. Sola legte die Blättchen dazu.

»Na denn … der Tank 63,55 Mark, der Tabak sechsmal 4,50, das Papier, die Tic Tac, viermal …« Der Kassierer begann, die einzelnen Posten in seine Kasse einzutippen.

Noch ehe er alles eingegeben hatte, hielt ich ihm den gefalteten Tausendmarkschein hin. Er nahm ihn und schaute mich skeptisch an.

»Willste mich verarschen?« Er hielt ihn gegen das Licht.

»Äh … nee.« Mehr brachte ich nicht zustande. Ich schaute zu Boden.

»Nehm ich nicht.«

Er behielt ihn in der Hand.

Sola schaute dem Tankwart in die Augen. »Wir haben sonst nix. Und getankt ist schon.«

»Geht da was voran?«, rief eine Stimme hinter uns.

Der Tankwart zögerte immer noch. Dass hier was nicht stimmen konnte, war ihm klar. Aber wie damit umgehen?

Dann hatte er eine Idee. Er grinste uns an und begann, die Einzelposten im Kopf zusammenzuzählen. Beim Rechnen schaute er in die Luft und bewegte die Lippen, als würde er einem unsichtbaren Taschenrechner an der Decke die Beträge zuflüstern.

»Macht dann alles zusammen … 780 Mark und fuffzich Pfennige.«

Ohne weiter zu warten oder irgendwas in seine Kasse zu tippen, nahm er den Tausendmarkschein und legte uns 220 Mark Wechselgeld hin.

»Das ist …«, begann ich zu rufen – »Abzocke« lag mir auf der Zunge.

»… bestimmt richtig«, ergänzte Sola meinen Satz. »Haben Sie eine Tüte?«

»Sicher doch.« Er grinste noch etwas breiter, stolz darüber, dass er mit seiner Unverschämtheit durchgekommen war. Sein Schnauzer wackelte fröhlich.

»Tüte kostet 20 Mark.«

Er gab uns eine Tüte mit der rechten Hand und nahm sich

von den drei Scheinen auf dem Tresen noch mal einen. Es blieben 200 Mark.

»*Merci*«, sagte Sola und nahm das Geld.

»Tschüssi, schwarze Perle.«

Ich konnte die Empörung in ihren Augen sehen.

»Schwarze Perle kratzt dir gleich die Augen aus.«

Die Kunden hinter uns drängelten nach vorn.

Sie packte mich fest am Oberarm und drückte wieder genau auf die schmerzende Wunde, dabei drehte sie mich Richtung Ausgang. Kurz bevor wir den Raum verließen, riss sie im Vorbeigehen einen großen Drehständer mit Schlüsselanhängern um, der krachend zu Boden fiel.

»*Tête de con!*«, brüllte sie Richtung Tresen.

»He!«, rief irgendwer von drinnen. Wir rannten zum Auto.

Ich blitzte wütend aus den Augen, als wir einen Moment später wieder im Peugeot saßen. Solas Hände umfassten das Lenkrad so fest, dass ihre Handknöchel weiß wurden.

»Der hat uns voll verarscht!« Ich weinte vor Wut, und wegen der Schmerzen in meinem Arm.

Das war mein Geld, dachte ich.

»Es war nicht dein Geld.« Sie schien meine Gedanken lesen zu können. »Du hast es gestohlen. Und er hat entschieden, seine Gebühr zu nehmen. Nicht schlimm. Der Tank ist voll. *La justice n'est qu'une des tentatives de l'homme pour s'opposer à la nature.* Gerechtigkeit ist nur einer der Versuche des Menschen, sich der Natur zu widersetzen.«

»Wer sagt so was?« Mir liefen Tränen über die Wangen.

»Marquis de Sade. Fahren wir.«

Sie gab mir die beiden Hundertmarkscheine in die Hand. Die Tüte mit dem Tabak und den Tic Tac warf sie auf den Rücksitz.

»Die Tankfüllung und der Tabak haben uns 800 Mark gekostet!«

»Denk doch nicht immer nur an Geld! Wir sind die große Maus los! Und haben noch mehr, als wir brauchen.«

»Woran soll ich sonst denken? Außerdem hast du doch da drinnen so Rabatz gemacht!«

Jetzt wurde Sola wütend: »Jedes Mal, wenn man mit mir redet hier, sagt man was zu meiner Haut.« Sie schrie mich an: »Was ist los mit euch allen? Bin ich so komisch? Hier, fass an!«

Sie griff nach meiner Hand und schlug sie auf ihren eigenen Arm.

»Ist das so komisch? So anders?«

Erst Troppi, jetzt der Tankwart. Ich verstand. Sie hatte recht. Ich wusste lang nichts zu sagen.

Sola atmete tief durch.

Nichts an dir ist komisch, Sola.

»Weißt du, ich finde dich wunderschön. Zum Glück ist deine Nase schief.«

Sola lächelte. Dann holte sie eine Doppelpackung BiFi aus der Hosentasche und reichte sie mir.

»Ah, mein kleiner Affe, danke. Ja, zum Glück ist die Nase schief, n'est-ce pas? Sonst wäre ich unerträglich schön. Hier, hab ich geklaut. Hat er nicht gemerkt. Hast du Hunger?«

Wir fuhren weiter und überquerten die ehemalige Grenze. Überall standen Kräne und Schaufelbagger, »Wir bauen für Sie. Hier entsteht die Brücke der Deutschen Einheit«, versprach ein Schild.

»Warst du schon mal hier?«, fragte Sola, ohne mich anzuschauen. Sie rauchte beim Fahren und hatte die Fensterscheibe halb heruntergekurbelt, damit der Rauch abziehen konnte, wie mein Vater früher. Die Fahrgeräusche waren bei offenem

Fenster so laut, dass man von der Musik kaum etwas verstehen konnte.

»Du meinst im Osten? Nee.«

Vor dem Mauerfall war uns Kindern aus dem Schwarzwald der Osten einfach nur egal, bestenfalls hatten manche von uns Mitleid mit Gleichaltrigen, von denen wir hörten, dass sie bei Paraden so komische Halstücher tragen mussten und keine richtigen Jeans bekommen konnten. Andererseits bekam ich die auch nicht. In jedem Fall war der Osten zu einem mystischen Ort der Freiheit geworden, unbekanntes Terrain, angeblich rechtsfrei, aufregend, irgendwie gefährlich, irgendwie interessant. Bei den Oberstuflern hatten wir Geschichten von Schlägereien und Partys mit viel Alkohol auf der Klassenfahrt nach Stralsund aufgeschnappt, alles klang wilder, unkontrollierter als bei uns. »Die haben ja auch kaum noch Polizei«, hatte ein Zwölftklässler im Vorbeigehen zu einer Klassenkameradin gesagt. Plötzlich war der Wilde Osten ein Sehnsuchtsort, wie der Wilde Westen, mit Goldgräbern, Glücksrittern, Exzessen, auf den wir neugierig waren und vor dem wir zugleich Angst hatten, ein geheimnisvolles Auenland, nur in Grau, mit Holzkohlewolken über den Städten.

Die einspurige Autobahn war aus einzelnen Platten gebaut, jede Sekunde schepperten die Reifen des Peugeots über eine weitere Kante zwischen zwei Platten.

Da-Schung, Da-Schung, Da-Schung.

Zwischendurch fuhren wir auf kurzen Stücken neu gebauter oder ausgebesserter Straße, danach kamen wieder die Platten. Draußen waren jetzt keine Berge mehr zu sehen, die Landschaft war flach wie ein Pfannkuchen, sie schien unendlich. Ein irritierendes Bild für mich, einen Horizont kannte ich nicht, ich war es gewohnt, gegen etwas zu blicken, Berge, Bäume. Hier hingegen konnte ich weit schauen – und sah doch nichts außer kargem, ernstem Land in Ocker und blassem Gelb. Selbst die Ausfahrten trugen verhärtete Ortsnamen, Schleiz, Görkwitz, Triptis. Das Schönste war die Aussicht nach oben, am dunkelblauen Julihimmel knufften sich kleine Wolkenballen. Im Auto lief die Musik von Sola, jede Melodie, jede Zeile wollte mehr sein als nur Musik und war es auch, mir klang sie, als würde sie Erinnerungen wecken an Orte, an denen ich noch nie war.

If you want me, send for me
I said: If you want me, want, all ya gotta do is send for me
Don't wait too long, just-a pick up your phone
And I'll hurry home where I belong

»Das ist Solomon. Nach ihm heiße ich.«

»Sehr schön.«

»Oui. Machen wir Pause, mein kleiner Affe, bald sind wir da. Aber zu früh.«

Sie fuhr bei Droyßig von der Autobahn ab, erst auf eine Bundesstraße, weiter auf einen holprigen Weg aus dunkel gefärbten, an manchen Stellen fast schwarzen Pflastersteinen. Links und rechts wuchsen Sonnenblumen auf den Feldern, die ihre Köpfe alle in dieselbe Richtung neigten.

There's no escape that I can see
And still those little things remain
That bring me happiness or pain
A cigarette that bears a lipstick's traces
An airline ticket to romantic places
And still my heart has wings

Wir hielten an, als das Lied endete.

»Wir müssen sprechen«, stellte Sola fest.

»Sagst du mir, wo wir hinfahren?«

»Halberstadt. Das ist, euh …« Sie sah sich um und winkte dann nach links. »Da hinten, glaub ich.«

Sola hielt vor einer Würstchenbude am Wegrand, die auf einen alten Anhänger gezimmert war. Davor standen zwei kleine Plastiktische. Jemand hatte mit schwarzer Farbe GRILL auf die Seitenwand der Bude gepinselt. Daneben stand ein Schuppen mit zwei Eingängen ohne Türen, über denen handgeschrieben *Piefkes* und *Puppis* stand.

»*Parfait.*« Sola parkte den Wagen und stieg aus, sie streckte sich und lief auf die Würstchenbude zu. Sie schien geöffnet, aber es war niemand zu sehen. Sola stellte sich auf die Zehenspitzen und lurte über den Tresen. Niemand da. Sie zuckte mit den Schultern.

Ich stellte mich neben sie. »Was machen wir in Halberstadt?«

»Wir gehen in einen unterirdischen Stollen und klauen viel Geld.«

Sie sah mich an. Dann knuffte sie mich mit der Faust an die Brust.

»Guck nicht so! Es ist genug da. Und es gehört keinem mehr. Und klauen kannst du, das weiß ich.«

»Wie viel Geld ist da?«

»So 108 Milliarden, hab ich gehört.«

Ich hob fragend die Hände zur Seite. Sie musste die Zahl falsch verstanden haben.

»108 Milliarden? Milliarden ist das, was nach Millionen kommt und vor Billionen.«

»*Exactement. Millions, milliards, des milliers de milliards.* Und keiner passt auf.«

»Das wäre der größte Schatz der Menschheit.«

Sie ignorierte meine Zweifel wie jemand, der es einfach besser weiß, klopfte laut gegen die Seitenwand des Grillanhängers und schaute sich um. Nichts.

»Hallo?«, rief sie laut. Keine Antwort.

Sola ging zur kurzen Seite des Anhängers und öffnete die Tür.

»Wirklich niemand da. Willst du was?«

Sie stieg ein.

»Willst du die hier jetzt auch beklauen, oder was?«

»Non, mein kleiner Affe, wir bezahlen echt. Und Sport-Schuster kriegt auch noch sein Geld für die Rucksäcke. Ich nehm Cola, Wurst, *petits pains* ... Oh, was ist das denn für ein Cola? Kenn ich nicht. Gib mir die andere große Maus.«

»Was?«

»Böses Geld muss man erst recht ausgeben, das macht nicht glücklich. Und böses Geld wird sofort gutes Geld, wenn es gute Menschen verschenken. Gib mir die Maus, vertrau mich.«

Ich reichte ihr den Tausendmarkschein zögerlich in den Wagen hinein, als würde ich ganz ordentlich an eine Verkäuferin bezahlen. Auch der war dreimal gefaltet. Sie strich ihn glatt und beschwerte ihn mit einem Salzstreuer.

»Imagine no possessions, kleiner Affe, I wonder if you can.«

»War der arm, der das gesagt hat?«, fragte ich bitter.

»*Euh ... non.* Sehr reich.«

Es war zu viel Geld, als dass ich es ihr leichten Herzens hätte geben können. Ich rechnete es in Erleichterung um, die mein Vater mit dem Schein in der Hand gespürt hätte. In Nacht-schichten, die meine Mutter nicht übernehmen müsste. Mie-ten, die wir von diesem einen Schein bezahlen könnten. Urlaube. Schuhe, Jeans. Einen neuen Walkman. Vielleicht war es böses Geld. Aber immer noch Geld.

Aber du hast ja noch ein paar Scheinchen vergraben, beru-higte mich eine Stimme in mir.

»*Les frites* sind fast noch warm.«

»Nehm ich«, rief ich. »Haben die Spezi?«

»Ich weiß nicht, was ist Spezi, mein kleiner Affe. Aber hier

149

gibt es …« Ich hörte sie kramen … »Ilis-Brause, mit *framboise* darauf. Himbeere. Oder Vita Brazil, das ist gelb. Allerdings ein komisches Gelb.«

»Jeder eine Frage. Abwechselnd. Du darfst anfangen, mein kleiner Affe.«

»Okay. Woher weißt du von dem Geld? Und sind es wirklich 108 Milliarden?«

Ich lehnte am Auto und dehnte meine Beine nach der langen Fahrt, Sola wollte sich auf die Kühlerhaube setzen, fluchte aber über das heiße Blech und lief in engen Kreisen auf der Straße. Wir aßen von unserem neuen Proviant.

Was von der Autobahn aus flach und unwirtlich ausgesehen hatte, war aus der Nähe betrachtet warm und beruhigend. Bäume und Gräser trugen plötzlich Hochsommerfarben, wir hörten irgendwo einen Bachlauf. Die Luft war warm und schwer. Um den Budenbesitzern nicht doch noch zu begegnen und viel erklären zu müssen, waren wir zur Sicherheit ein paar Minuten landeinwärts gefahren und hatten an einer Kreuzung gehalten, an der eine Bushaltestelle mit einem halb verfallenen Wartehäuschen stand.

Sola biss in ein kaltes Würstchen, das sie aus einer Dose fischte, die sie aus der Imbissbude mitgenommen hatte.

»*Deux*«, sagte sie dann mit vollem Mund.

»Was?«

»*Deux!* Das sind zwei Fragen auf einmal. Aber okay. Ein Vogel hat mir gezwitschert von das Geld.«

»Dem Geld«, verbesserte ich sie.

»Wieso ›dem‹ Geld? Ist das Dativ?«

Ich zuckte mit den Schultern. »Ich kann Deutsch nur sprechen, nicht erklären. In Grammatik bin ich schlecht.«

»Lustig. Bei mir ist es umgekehrt. *Peu importe.* Ich weiß

nicht genau, wie viel Geld es ist. 108 Milliarden, ungefähr. Es ist Geld vom Osten. Sie wussten im Osten nicht, wohin mit ihrem alten Geld, als letztes Jahr euer neues Geld kam, von Westen.«

»Bei der Währungsunion?«

»*Voilà*. Sie hatten noch ihr ganzes altes Geld, aber keinen großen Ofen, um es zu verbrennen. Da haben sie es vergraben. Unter der Erde, in einem alten Stollen in Halberstadt. Also, in der Nähe von Halberstadt.«

»108 Milliarden Ostmark? Woher weißt du davon?«

»Hab ich doch gesagt, von dem Vogel.«

»Hör auf mit dem Quatsch. Und wie sollen wir an das Geld rankommen, es ist doch bestimmt bewacht wie in einer Bank.«

»Nicht mehr. Nicht mehr so richtig jedenfalls. Weil die Armee vom Osten, die das Geld bewacht hat, gibt's ja auch nicht mehr so richtig.«

»Und du weißt den Weg in den Stollen?«

»Oui. Aber, mein kleiner Affe, du hältst dich wirklich überhaupt nicht an den *règlement*. Ich bin dran mit Fragen.«

»Okay.«

»Teilen wir das Geld vom Schatz, wenn wir es haben?«

Es war das erste Mal, dass Sola mich um etwas bat, und auch das erste Mal, dass sie mir eine Entscheidung überließ. Sie stand mit hängenden Armen vor mir auf dem heißen Asphalt, schaute mir angespannt ins Gesicht, so als wären tatsächlich mehrere Antworten denkbar.

»Natürlich«, sagte ich, während ich in ein Brötchen biss, das nach Pappe schmeckte.

Sofort atmete sie erleichtert aus und übernahm wieder das Kommando.

»Gut! Geklärt, fifty fifty!« Sie grinste mich breit an.

»Wozu brauchst du das Geld?«

»Ich muss meine Leute finden.«

»In Belgien?«

»Non, mein kleiner Affe. In Zaïre. Und ich will nicht mehr da sein, wo ich für alle nur ein komischer Mensch bin. Ich will woanders sein. Jetzt bin ich wieder dran mit Fragen! Was ist das beste Motto für dein Leben? In einem Satz.«

Mir fiel nichts ein. Ich dachte an 108 Milliarden. Wie viel Geld passt in einen Rucksack?

Weil mir nichts anderes einfiel, sagte ich: »Just do it?«

Sola lachte. »Just do it? Was Nike erfunden hat, um Turnschuhe zu verkaufen?«

»Ich find das ganz gut. Man muss Sachen doch einfach machen. Menschen trauen sich viel zu wenig. Ich traue mich viel zu wenig.«

»Du kämpfst mit Opas ohne Hose und brichst nachts in Häuser ein.«

»Komm schon. Du weißt, wie ich das meine.«

»Just do it … Menschen umbringen? Just do it … zu viel trinken, bis man kotzen muss? Just do it … kleine Kinder essen? Just do it … Bücher verbrennen …?«

»Just don't do it klingt aber auch verkehrt«, unterbrach ich sie.

»Ist auch nicht richtig.«

»Hast du was Besseres?«

Sie schaute hoch zu den Wolken, die von der Sonne und dem Wind zu hübschen Figuren gerissen wurden.

»Ich suche noch was, deshalb frag ich ja. Neulich habe ich gelesen von einer *psychologue*, verstehst du?«

Ich nickte und trank einen großen Schluck Himbeerwasser aus der Imbissbude.

»Sie ist ganz alt und lebt in New York. Sie wurde gefragt

nach einem Ratschlag für ein gutes Leben. Sie sagte: Mach dir ein Tattoo, auf den Arm, sodass du es jeden Tag anschauen kannst. Nur ein Satz. Der Satz ist: *How important is it?*«

»Wie wichtig ist es?«

»Bravo. Gut übersetzt. Spart viel Stress, wenn du dich das immer fragst, bevor du dir Probleme machst mit Entscheidungen: *Ça a quelle importance?*«

Sola grinste wieder, zufrieden mit sich und ihrer Geschichte. Plötzlich klingelte das Telefon neben uns.

»Oh, lustig, ich wusste nicht, dass man das Telefon auch anrufen kann.«

Alle Welt verzog sich zu einem schiefen Bild. Ein unsichtbarer Riese schlang vielfach geflochtene Seile um meinen Körper, an deren Ende Eisenkugeln hingen, die mich in die Tiefe zogen. Obwohl ich aufrecht stand, hatte ich mit einem Mal das Gefühl, als würde ich kopfüber hängen, als wäre ich rückwärtsgestürzt, und all mein Blut würde sich in meinem Gehirn stauen, als würde mein Kopf gleich platzen, als würde …

»… doch einfach ran, ich bin …«

»… kann nicht …«

Ich sah Sola an und sah, dass sie mit mir sprach, aber ich hörte sie nicht, ich hörte nur das Klingeln des Telefons und das Rauschen des Blutes in meinem Kopf, es klingelte immer weiter, mein Blut müsste mir doch längst aus den Ohren fließen … es war absolut unmöglich, dass auch hier … die Anrufe kamen nur sonntags, immer nur sonntags, und nur in der kleinen Zelle …

»…kleiner A… warum ni…?«

Immer nur sonntags, das war das System. Das System hatte ich verstanden, und ich hatte nie jemandem davon erzählt, und es konnte doch nicht … und woher sollte er wissen, dass ich ausgerechnet hier … ich hatte alles gemacht, wie es mir aufgetragen war, ich wusste schon, wer anrief, ich wusste es, natürlich rief der Opa noch mal an, der Opa ohne Hose, und ich würde auf keinen Fall … der Riese zog die Seile noch fester um mich, und es war unmöglich zu atmen, ich …

Ich sah, wie Sola die Augen verdrehte, weil ich offenbar nicht reagiert hatte, wie sie es erwartete, und wie sie zum Telefon ging, so als wäre es nichts, und sie nahm den Hörer ab, und ich hörte eine Grille im Sonnenblumenfeld, die bestimmt sechshundert Meter entfernt sein musste, wie konnte das sein? Sola drehte sich zu mir um, sie schaute mich ganz anders an als sonst, als hätte ich eine Frage beantwortet, die sie nie gestellt hatte, ihre Augen funkelten, aber ihre Hand war ganz ruhig. Sie hielt den Hörer in meine Richtung und winkte mich mit ihrer freien Hand zu sich, meine Panik schien sie nicht zu bemerken, und ich stand tatsächlich auf. Wie gelang mir das nur? Und dabei schüttelte ich den Kopf, aber sie winkte weiter, sie schaute ernst, noch ernster als sonst. Die paar Schritte zu Sola, zum Telefon selbst, schien ich nicht zu gehen, sondern voranzufließen, Blut rauschte immer lauter in meinem Kopf, das System war doch ganz sicher, nur sonntags … oder nicht?

»*Pour toi.*« Sie reichte mir den Hörer.

Ich wollte ihn nicht nehmen.

Ich nahm ihn aus ihrer Hand.

Sola blieb neben mir stehen.

»Er sagt, er will dich.«

Bitte. Ich … Bitte. Bitte, bitte nicht.

Ich hielt den Hörer an mein Ohr gepresst. Mir liefen Tränen über das Gesicht.

»*Du Pisser, du kleiner verschissener verlogener Pisser, du hast das Buch nicht zerstört. Ich weiß es, und das Geld hast du auch,*

mein Geld, und ich finde dich überall, du schuldest mir was.
So lange, bis ...«

Ich schrie, und ich knallte den Hörer so heftig auf die Gabel, dass der Kunststoff brach, und dann ...

Mittwoch, der 10. Juli 1991,
ab 17.41 Uhr

M isch…«

»…a…«

»Mi-scha!«

Einzelne Töne. Vokale. Silben.

Ich kehrte in Scherben zurück auf die Welt.

Ich schmeckte künstliche, klebrige Süße auf meinen Lippen. Irgendwas mit Himbeere.

Mein Kopf lag weich.

Sola streichelte über meine Haare und flüsterte meinen Namen in weichem Singsang, Mi-scha, Mi-scha. Ich öffnete die Augen. Mein Kopf lag auf ihrem Schoß, ich sah ihr Gesicht über mir.

»Ah, da bist du wieder, mein kleiner Affe. Entschuldigung, ich hab Ilis-Brause auf dich gespuckt. Damit du wach wirst.«

»Okay.« Ich schloss die Augen wieder.

Es verging Zeit.

»Du kannst es auch hören, wenn die Toten sprechen«, stellte Sola fest.

»Du auch?«

»*Oui*. Also, ich weiß nicht, ob ich etwas kann. Sie können es, mit mir.«

»Rufen sie dich auch an? Mich rufen sie an.«

Ich öffnete die Augen.

»*Oui*, mein kleiner Affe.«

Ihr Schoß fühlte sich warm an. Sie blickte auf mich herab, die Sonne stand hinter ihr, ihr schmaler Körper bot mir Schatten.

Mein Oberkörper und meine Beine lagen ausgestreckt auf dem sommerwarmen Asphalt.

Sola streichelte weiter meinen Kopf. Sie lächelte.

»Falls du viele Fragen hast: Ich hab leider wenig Antworten. Ich hab immer gedacht, ich bin allein mit den Toten. Ich kenn sonst niemand, mit dem sie sprechen. Aber jetzt kenn ich dich.«

»Geben sie dir auch Aufträge?«

»*Oui*, mein kleiner Affe. Aber ich mach nur, was ich mag. Es passiert nix, wenn man den Auftrag nicht mag.« Sie schaute kurz durch mich hindurch. »Glaube ich wenigstens.«

»Sprichst du auch mit ihnen?«

»*Jamais*. Sie sprechen mit mir.«

»Was ist passiert? Ich war ohnmächtig, oder?«

»Nur ein bisschen.«

»Das war der Opa ohne Hose. Am Telefon.«

Sie nickte.

»Was wollte der Opa?«

»Ich hab seinen Auftrag noch nicht erfüllt. Das Buch, das wir aus seinem Keller geholt haben. Ich soll es zerstören.«

»Warum machst du es nicht?«

Das war keine schlechte Frage. »Es sind schlimme Bilder darin. Ich dachte, ich muss sie vielleicht jemandem zeigen.«

»Verstehe ich.« Sie schaute die Straße entlang und streichelte weiter über meinen Kopf. »Wird das Leben für irgendwen besser, wenn du das Buch zeigst?«

Ich überlegte eine Weile.

»Ich weiß nicht. Aber ich hab das Gefühl, dass ich das nicht entscheiden sollte. Sondern andere.«

Wieder schwieg sie eine Zeit lang.

»Sola?«

»*Oui?*«

»Wie lange sprechen die Toten schon mit dir?«

»Seit ich aus Zaïre weg bin. Zehn Jahre oder so?«

»Und wie ist es für dich?«

»Dass ich sie höre? Ich weiß nicht. Sie gehören zu mir. Es ist meine Aufgabe hier. *Don't forget, everybody must give something back for something they get.*«

»Was heißt das? Ist das auch von jemandem?«

»Oui, das ist von Bob Dylan, mein kleiner Affe. *4th Time Around.*«

»Ich weiß nicht, ob die Toten zu mir gehören. Mir ist das alles zu viel, Sola. Ich hab Angst vor dem Opa ohne Hose. Und seinem Buch.«

»Verstehe ich. Es ist eine Frechheit, dass das Leben einfach immer weitergeht. Es sollte eine Pause-Taste geben.«

Sie schloss ihre Augen.

»Jetzt ist ein guter Moment für eine Pause. Mach auch die Augen wieder zu.«

Ich gehorchte.

Sie streichelte langsam über meinen Kopf, ich spürte, wie ihre Hand wieder leicht zu zittern begann.

»Mein Vater … es wäre so schön, wenn er anrufen würde.«

»Ich weiß, mein kleiner Affe. Trauer ist schlimm. Trauer ist Liebe, die kein Zuhause mehr hat.«

Sola sprach weiter und zitierte ein Gedicht in leisen Worten, die wie die Wellen weit draußen auf dem Meer ohne Anfang und Ende blieben. Fast ohne Akzent.

*»Wer, wenn ich schriee, hörte mich denn aus der Engel
Ordnungen? Und gesetzt selbst, es nähme
einer mich plötzlich ans Herz: ich verginge von seinem
stärkeren Dasein. Denn das Schöne ist nichts
als des Schrecklichen Anfang, den wir noch grade ertragen,
und wir bewundern es so, weil es gelassen verschmäht,
uns zu zerstören.«*

Ich schwieg eine Weile.

»Schön.«

»Oui. *Ein jeder Engel ist schrecklich.*«

»Was?«

»Das ist die letzte Zeile von dem Gedicht. Rilke.«

»Andersrum wäre es mir lieber.«

»Wie meinst du, mein kleiner Affe?«

»Denn das Schöne ist nichts als des Schrecklichen Anfang. Andersrum wär's mir lieber. Wenn das Schreckliche der Anfang des Schönen wäre.«

Sola lächelte.

»Sola?«

»*Oui?*«

»Warum zitierst du die ganze Zeit Leute?«

»Die Kunst hilft mir. In der Musik, bei Gedichten ist es wie Magie. Das Verhältnis von dunkler Kraft und heller Kraft dreht sich. Du hörst ein trauriges, dunkles Lied – aber es macht alles hell, es macht dich plötzlich glücklich, vielleicht weil du dich verstanden fühlst. Oder du liest ein trauriges Gedicht – aber es macht dich trotzdem froh, weil jemand Worte gefunden hat, wie es dir geht.«

Das verstand ich.

»Fahren wir?«

Ich nickte und stand auf, betrachtete das demolierte Telefon. Ich hatte das Bedürfnis, mich zu entschuldigen. Und ich hatte Angst. Ich war wütend. Und traurig. Ich hatte Sehnsucht. Wenn der Opa ohne Hose sich sogar zweimal bei mir melden konnte – warum gelang es meinem Vater nicht wenigstens einmal?

Ich fragte Sola, als wir wieder im Auto saßen. Meine Backen klebten von der Brause, die sie auf mich gespuckt hatte.

»Er ist der Erste, der sich ein zweites Mal bei mir melden

konnte. Und über ein ganz anderes Telefon. Wieso kann er das?«

Sola zuckte mit den Schultern.

»Vielleicht habt ihr ein Band.«

»Was für ein Band?«

»Zwischen euch. Weil du da warst, als er fiel.«

»Kann ich das Band lösen?«

»Ich bin nur Sola, mein kleiner Affe. Ich mach nicht die *règles*.«

Wo die Toten sind, sagte sie, gebe es keine Regeln. Soweit sie wisse.

Es passiert, was passiert.

Noch nie hatte sich bei ihr jemand ein zweites Mal gemeldet.

»Du bist einer wie ich«, stellte sie irgendwann erstaunt fest.

Ich war einer wie sie. Aber was waren wir?

Sola fuhr uns Richtung Halle, Trotha, Ortsnamen, von denen ich noch nie gehört hatte, Aschersleben. Quedlinburg, über einen schmalen, braunen Fluss, sogar von dem wusste Sola, wie er hieß.

»Die Bode«, sagte sie, ohne mich anzusehen.

»Warst du hier ganz sicher noch nie?«, fragte ich.

Sie kicherte. »*Non, jamais. Je te le jure.*«

»Was?«

»Ich schwör.«

Die rotgoldene Abendsonne blendete wie ein schief stehender Scheinwerfer auf einer riesigen Bühne aus Äckern, Wiese und Himmel, und irgendwann sahen wir Halberstadt vor uns, zwei unterschiedlich hohe Türme, durch einen Steg miteinander verbunden, kündigten die Stadt an. Ich hatte unterwegs nicht ein einziges Mal auf eine der Straßenkarten geschaut, die auf der Rückbank lagen.

Es war wenig Verkehr. Hellblaue Trabis tuckerten müde über die schmalen Straßen, manchmal kam uns ein älteres Automodell aus dem Westen entgegen. Eine alte gelbe Straßenbahn knödelte kantig auf Schienen entlang und quietschte in jeder Kurve, auf ihren Seitenwänden Werbung für den Harzbau Halberstadt, Jägermeister und die *Volksstimme*. Die Menschen und die Verkehrsschilder sahen aus wie bei uns. Ich hatte etwas anderes erwartet, Fremderes, Verrückteres, Ferneres, und war seltsam enttäuscht, die Leute gingen im gleichen Tempo und den gleichen grauen Blousons durch die Gegend wie in meiner Stadt. Sola kurbelte während der Fahrt das Fenster herunter. Der Fahrtwind wehte einen seltsamen Geruch durch unser Auto, es roch nach verbranntem Holz und Schafen. Gelegentlich hob jemand erstaunt das Gesicht, wenn wir an ihm oder ihr vorbeifuhren – waren das eben zwei Kinder allein im Auto und eines davon schwarz? Hinter grauen mehrstöckigen Neubauten am Straßenrand sah man Ruinen alter Fachwerkhäuser in den Fluchten, fast alle wurden von Holzstangen abgestützt, viele waren umzäunt, statt Glas in den Fenstern nur noch Plastikplanen, manche Dächer waren eingestürzt. Gleich mehrere mächtige Kirchtürme und schmale Industrieschornsteine zeigten zum Himmel. Das Schuhhaus *Eleganta*. Kleintextilien. Orangefarbene Richtungsschilder, die den Weg wiesen. Behaglich Wohnen. Satellitenschüsseln nur an wenigen Häusern. Vom Fahrtwind angefetzte schwarz-rot-goldene WM-Fahnen an den Autos. Der Fernseh- und Video-Spezialist *Heiser*. Die Gaststätte *Zur Weltkugel*. Rot-weißes Absperrband. Schuttcontainer. Einmal glaubte ich tatsächlich Schafe auf kleinen Grünflächen in der Ferne zu sehen.

»Ich war noch nie im Osten«, sagte ich, halb zu mir selbst.

»Wenn die Stadt ein Gefühl wäre, dann Einsamkeit«, sagte Sola. »Sieht aber auch nicht anders aus als in *Belgique* auf dem Land. Niemand lacht, und die Fensterbänke haben keine Blumen.«

»Woher weißt du, wohin wir fahren müssen?«

»Gutes Gedächtnis und fast immer Glück.«

»Und wohin fahren wir?«

»Zur Blechbüchse, so heißt der Bahnhof, wegen ganz viel Blech drum herum. Dann Richard-Wagner-Straße. Heinrich-Heine-Platz. Walther-Rathenau-Straße. Alle heißen wie Männer ... komisch. Dann Harmoniestraße. Lach nicht! Dann Harzstraße. *À gauche* in die Alte Blankenburger Heerstraße. *Encore à gauche* Auf die Wartburg. Du fährst, so weit es geht, du parkst an der Medingschanze. Dann gehen wir zu Fuß. Durch den Wald. Zur Schlucht, die heißt wie ein Vogel, der schön singt.«

»Nachtigallenschlucht?«

»*Bravo.* Dann muss ich gucken.«

Sie hatte die Route so selbstverständlich referiert, als wäre sie hier geboren.

»Wie kannst du dir das alles merken?«

»Ich vergesse nie, was die Toten mir erzählen.«

Wir fuhren an einem McDonald's vorbei. Ein riesiges Plakat erklärte: »Erster McDonald's im Harz!«

»Ich hab schon wieder Hunger.«

»Wir erzählen uns von Wundern, und du denkst an *frites*.«

»Vielleicht, weil ich schon lange solche Wunder erlebe. Seit fast einem Jahr.«

Sie parkte das Auto vor dem Restaurant.

»Machst du, was sie von dir wollen, die Anrufer?«

»Ich versuch's. Aber es geht nicht immer. Ich versteh auch nicht immer, was sie wollen. Neulich rief eine Frau an, die nur von Raben erzählte, und dass ein Mann sie erschlagen hat.«

Wir stiegen aus und liefen zur Eingangstür.

»*Oui.* Aber ich hab gemerkt: Man kann den Toten auch nicht mehr glauben als denen, die am Leben sind. Die Toten lügen auch. Sie bleiben dumm, wenn sie dumm waren. Und ich bin fast sicher, dass nichts passiert, wenn du nicht machst, was sie wollen.«

»Dachte ich auch. Bisher.« Ich musste an den Opa ohne Hose denken. »Der Opa wusste, wo ich war. Kann er mir was tun?«

»*Oui, étrange.* Seltsam.«

»Sola … kann er mir was tun?«

»Ich glaub nicht. Er ist tot, *non*?«

»Er klang nicht tot.«

Sola bestellte zwanzig Chicken Nuggets und dreimal Süßsauer-Soße, ich einen Big Mac für 3,95 Mark und große Pommes, dazu eine große Sprite. Als wir uns mit den Tabletts vom Tresen wegdrehten, wurde Sola von der Kassiererin gefragt, ob sie mal ihre »lustigen Haare« berühren dürfe. Sie durfte nicht.

»Ich kack dir in die *frites*, wenn du mich anfasst.«

Ich war erst zweimal in meinem Leben in einem McDonald's gewesen, beide Male mit meinen Eltern in Freiburg am Martinstor, jedes Mal nachdem mein Vater beim Spielen Geld gewonnen hatte. Ich erinnerte mich an seine aufgekratzte Fröhlichkeit, seinen Stolz, und dass wir mehr bestellten, als wir essen konnten. Dass meine Mutter darauf bestand, übrig gebliebene Pommes in einer Tüte mit nach Hause zu nehmen. Dass die Pommes seltsamerweise nicht mehr schmeckten, sobald wir McDonald's verlassen hatten.

Ich schaffte kaum meinen Burger, die orangefarbene Soße tropfte über meine Finger. Die Pommes ließ ich liegen.

»Es wird vielleicht unheimlich. Und gefährlich. Hast du Angst?«, fragte Sola.

»Solange der Opa bleibt, wo er ist …«

Sie grinste. »Ich hab was Lustiges gehört von ein *docteur* aus Amerika, Jeremy Goldberg. Er fragt: Weißt du, was Mut ist?«

»Was?«

»Etwas zu machen, obwohl du weißt, dass es wehtun kann.«

Ich zuckte mit den Schultern. »Stimmt.«

»Und, mein kleiner Affe, weißt du, was Dummheit ist?«

Ich schüttelte den Kopf.

Sola biss in ihr letztes Chicken Nugget. »*La même chose.* Dasselbe. Und deshalb ist das Leben so schwer.«

#44, 2.6.1991

»*Ich warte auf Charon, den Fährmann. Ich hoffe, er lässt mich übersetzen, auch ohne den Obulus. Notfalls warte ich eben hundert Jahre, so lange soll es ja dauern, wenn man keine Goldmünze zur Hand hat, heißt es. Und wissen Sie, Zeit spielt keine Rolle.*

Die Schwester hat nicht achtgegeben. Ich mache ihr keinen Vorwurf. Sie war bereits anderswohin gerufen worden und hatte doch versprochen, mir einen Blutdrucksenker zu geben, die Werte waren schon wieder so hoch, ich war so aufgeregt, mein Herz schien in verschiedene Richtungen zu schlagen, an Schlaf war nicht zu denken.

Die anderen Flüsse außer dem Fluss Styx, ich kann sie aufsagen, das war durchaus mein Interessengebiet: Kokytos, Pyriphlegethon, der Lethestrom und dann noch der Acheron. Der Acheron mündet in den Acherusischen See, kennen Sie den? Dorthin gelangt, wer einen wenigstens mittelmäßigen Lebenswandel gepflegt hat, und dort gilt es Buße zu tun. Die Heilbaren könnten Erlösung erlangen, schreibt Platon. Man wird sehen.

Meine Allergie gegen Ramipril hatte ich natürlich zu Protokoll gegeben, als ich auf die Station verlegt worden war. Sie hat es nicht beachtet. Die Dosis wiederum war korrekt. Nur eben das

falsche Medikament. Für mich jedenfalls. Sie musste schnell wei-
ter, hatte sich aber noch freundlich zu mir hinuntergebeugt. Ha-
ben wir es doch noch geschafft, wir zwei, sagte sie, wird schon
wieder. Dann verließ sie den Raum. Ich spürte sogleich die Reak-
tion meines Körpers. Ich glaube mich zu erinnern, dass ich noch
lesen konnte, was sie mir gespritzt hatte.

Wie hilflos man sich fühlt. Ich konnte mir beim Sterben zusehen.
Mir fehlte die Kraft, zu klingeln.

Und selbst im Koma bekam ich noch Dinge mit. Sie kam noch
einmal und weinte an meinem Bett. Nun, Fehler können passie-
ren. Falls Sie die Dame erreichen können: Sie heißt Schwester
Natascha. Bitte sagen Sie ihr, dass ich ihr nicht gram bin. Und
dass sie doch bitte eine Münze auf meinem Grab hinterlegt. Viel-
leicht gelangt sie dann zu mir, und das würde die Verhandlungen
mit Charon doch sehr erleichtern, wenn sich die Gelegenheit bie-
tet. So lange warte ich.

Ich danke Ihnen herzlich.«

Donnerstag, der 11. Juli 1991

ein kleiner Affe, vielleicht sind da noch Soldaten, also Achtung.«

Wir hatten das Auto am Rande eines Feldwegs geparkt und wollten warten, bis es dunkel werden würde, dann waren wir doch eingeschlafen. Nach Mitternacht wachte ich auf und weckte Sola, die zusammengekauert auf der Rückbank schlief. Ihre Hand hatte im Schlaf gezittert. Mein Rücken schmerzte, weil ich in verdrehter Position auf dem Beifahrersitz halb gelegen, halb gesessen hatte, die Kante des Sicherheitsgurtes hatte eine tiefe Spur auf meiner Backe hinterlassen. Wir nahmen die beiden Rucksäcke mit und die Taschenlampe und machten uns auf. Nur Sola wusste, wohin. Sie ging vor mir durch den dichten Laubwald, ohne zu überlegen, ohne einmal zu zögern, wir liefen auf schmalen Wegen, die immer schmaler wurden. Hochsommerholz brach unter unseren Schritten. Wie viel freundlicher so ein Wald aus Erlen, Eichen, Buchen war im Vergleich zu den düsteren Fichtenwäldern bei uns.

Irgendwann standen wir vor einem Zaun, und Sola erzählte mir von den Soldaten.

»Was für Soldaten?«, fragte ich.

»*Euh*, ich weiß nicht genau. Hier steht was von Militär. Vielleicht sind die doch noch da.«

»Militärisches Sperrgebiet der Nationalen Volksarmee – Zutritt strengstens untersagt«, stand auf einem Schild, das an einem etwa drei Meter hohen Stacheldrahtzaun vor uns befestigt war.

»Ich bin nicht sicher, aber: Gibt's noch eine Armee, wenn es das Land von die Armee nicht mehr gibt?«

Ich schaute sie ratlos an.

»Vielleicht ist es ein altes Schild? Vertrauen wir auf Glück, n'est-ce pas?«

Ich dachte an den Geschichtsunterricht in der Schule, an die Referate zum Schießbefehl an der Mauer, an Schäferhunde an langen Leinen, an Elektrozäune.

»Ich weiß nicht recht. Was, wenn sie schießen?«

Sola ignorierte mich und lief weiter. Nach einer Weile blieb sie stehen und grinste mich an.

»Regarde!«

Sie zeigte auf ein Loch im Stacheldraht. Jemand hatte den Draht senkrecht aufgeschnitten und dann vom Boden aus nach oben gebogen, weit genug, dass wir hintereinander unter dem Zaun durchkriechen könnten.

»Mach die Robbe!«, rief sie mir zu.

Ich legte den Rucksack ab und zwängte mich am Waldboden entlang auf das eingezäunte Gelände. Als ich drüben war, warf mir Sola erst meinen, dann ihren Rucksack über den Zaun zu.

Dann kroch sie hinterher, stand auf, klopfte sich einmal über die Hose und blickte mich voller Vorfreude an: »Glück ist überbewertet, mein kleiner Affe. Ich wähle Abenteuer über Glück, toujours.«

Wir liefen gebückt durch den Wald, ich hatte das letzte bisschen Orientierung verloren. Sola blickte angespannt zu Boden, sie schien Schritte zu zählen oder Wegmarken zu suchen, die nur sie sehen konnte. Durch meinen Kopf wirbelten die Erinnerungen an die vergangenen Tage wie Artisten bei einer Zirkusaufführung. Ich hatte beinahe zum ersten Mal in meinem

Leben die Brüste eines Mädchens berührt und war dafür fast erschlagen worden von einem Alten ohne Hose. Der wahrscheinlich wegen mir starb. Ich war in ein Haus eingebrochen und wurde anschließend vom Besitzer desselben Hauses verarztet. Ich hatte meine Mutter angelogen, mehr als einmal. Ich hatte ein unheimliches Buch mit unheimlichen Nackten gesehen, zu dem mich ein Toter geführt hatte und das nicht brennen wollte. Ich besaß mehr Geld, als meine Familie je besessen hatte, und konnte es nicht ausgeben. Ich war mit einem Mädchen ohne Führerschein durch halb Deutschland gefahren, ohne zu wissen, warum. Jede einzelne dieser Erinnerungen war noch ganz frisch, aber zugleich waren sie schon wieder unscharf. War das wirklich alles passiert? Für den Moment nahm ich die Welt einfach an, wie sie war, für alles andere fehlte mir die Kraft. Unmögliches war lange schon möglich, Undenkbares passierte einfach. Und was davon ich mir selbst später noch glauben würde, konnte ich in diesem Moment nicht sagen.

Ich erinnere mich, wie er mich kitzelte, als wir nebeneinander auf dem Sofa lagen, und wie ich vor Lachen kaum noch Luft bekam und wie mir das Kitzeln zu viel wurde und ich nichts sagen konnte vor Lachen und in meiner atemlosen Verzweiflung lachend ausholte und ihm mit der Faust ins Gesicht schlug. Sein Blick, Überraschung und verständnisloser Schmerz, und wie er wortlos von mir abließ, seine Brille abnahm, die durch meinen Schlag gebrochen war.

Ich erinnere mich, wie wir beide mit Buntstiften ein Schiff malten und seines so viel schöner war als meines und wie ich mein Bild zerknüllte und neu begann, diesmal verzweifelt sein Bild kopierend, was wieder nicht gelang.

Trauben und Baguette am Strand, das ist eher ein Geschmack

als ein Bild. Das Geräusch von Wellen. Waren wir doch einmal am Meer, als ich noch kleiner war? Ich erinnere mich nicht, und Familienfotos gab es keine, wir besaßen nie eine Kamera. Wünschte ich mir einen Urlaub am Meer so sehr, dass mein Verstand eine Erinnerung erfunden hatte?

Ich erinnere mich, wie wir überreife Kirschen klauen von einem Baum im Kinzigtal, wie ich barfuß auf seine Schultern steige und weiter auf das warme Holz des Baumes, eine für mich, eine für ihn, ich warf sie ihm hinunter. Das Abendlicht fiel schräg durch die Blätter. Und wie er rief: »Die ganz oben lassen wir den Vögeln!« und dass ich fast vor Stolz platzte, weil mein Vater mir zutraute, dass ich bis in die Krone des Baumes klettern könnte.

Ich erinnere mich nicht an einen letzten Blick, einen Abschied, eine Umarmung.

Wie konnte er weggehen, ohne mich noch einmal zu halten?

Oder hatte ich es nur nicht gespürt?

Sola und ich standen vor einer tiefen Schlucht, die sich im Nachtdunkel vor uns auftat. Tief genug, dass man sich die Beine brechen würde, wäre man dumm genug zu springen. Die Schlucht war breit genug für einen Lastwagen. Am Ende der Schlucht versperrte ein gewaltiges Eisengitter den Eingang zu einem Tunnel, gelb strahlende Lampen beleuchteten die Tore links und rechts vom Boden aus, zwei dicke Luftröhren führten an der Decke entlang in den Stollen hinein. Allerlei Schilder hingen an den Gittern, beschriftet mit einzelnen Buchstaben und Piktogrammen. Eine schwere Eisenkette war um das Metall geschlossen, ein Blechkasten hing an der grob behauenen Felswand. Keine Wachen. Niemand zu sehen.

»Müssen wir da rein?«, flüsterte ich.

»Geht nicht, ist zu, siehst du doch. Das muss die Schlucht sein, die heißt wie ein Vogel, der schön singt.«

»Nachtigallenschlucht.«

»Das Wort ist echt schwierig. Frag nicht, warum die so heißt, ich weiß es auch nicht. Wir steigen woanders ein.«

»Was ist mit den Soldaten?«

»*Bah*, es ist spät, ich hoffe, die schlafen.«

Sie lief am Abgrund zur Schlucht entlang und winkte mich weiter.

»*Viens!*«

Wir querten oberhalb des Tores. Plötzlich schepperte aus dem Blechkasten am Eingang ein Klingeln. Ein Telefon.

Wir warfen uns auf den Boden. Der Alte.

Ich schaute zu Sola hinüber. Sie sah mich mit großen Augen an und hielt einen Finger vor die Lippen.

Unten quietschte das Eisentor. Jemand öffnete den Blechkasten.

»Jawoll?«

Ich griff nach Solas Hand.

»Hallo?«

Eine Pause. Ich biss mir auf die Unterlippe.

Eine zweite Stimme rief unten: »Was denn?«

»Nüscht zu hören«, sagte die erste Stimme.

»Er verfolgt uns!«, flüsterte ich Sola zu. »Das ist der Opa ohne Hose! Aber wie kann er uns sehen?«

»Ich glaube nicht, dass er es ist. Und selbst wenn: Sie können ihn nicht hören, und er kann nix machen«, flüsterte Sola nach einer Weile.

Als unten das Eisentor wieder geschlossen worden war, schlichen wir weiter durch den Wald. Das Licht aus der Schlucht war bald nur noch ein fahler Streifen hinter uns. Ich war immer noch erstaunt, wie Sola sich im Dunkeln orientieren konnte, nur mit dem dünnen Lichtkegel der Taschenlampe vor sich.

Irgendwann blieb sie vor einem Brombeerstrauch stehen und leuchtete sich ins Gesicht, damit ich ihr zufriedenes Grinsen sehen konnte.

»*On y est.*«

Sie leuchtete mit der Taschenlampe auf den Strauch, dahinter sah ich dunkelbraunes Mauerwerk, etwa hüfthoch. Sola begann, die Äste des Strauches zur Seite zu ziehen, und fluchte, weil sie sich dabei die Fingerkuppen zerstach. Ich half ihr mit meiner gesunden Hand und stach mich auch, versuchte aber, den Schmerz zu unterdrücken. Die Äste waren überraschend leicht zu bewegen, offenbar waren sie eher nur über den Aufbau gelegt als daran festgewachsen. Vor uns lag nun ein Metallgitter über einem Backsteinquadrat, einen großen Schritt breit. Als wir das Gitter an einer Seite anhoben, quietschten die beiden rostigen Scharniere laut, an denen es auf der anderen Seite befestigt war. Aus den Bäumen flatterte erschrocken kreischend ein Vogel auf.

Wir hielten inne.

Nichts.

Wir öffneten das Gitter ganz, und Sola leuchtete in das Quadrat hinein. In die Wand waren Metallstreben eingelassen.

»Hier geht's zum Schatz.« Sola leuchtete mir ins Gesicht. »*Viens!*«

»Du zuerst.«

»*Non*, ich muss dir leuchten.«

Hatte sie Angst? Das beunruhigte mich wiederum. Ich atmete tief ein. Ein Abenteuer.

»Wenn wir jetzt da runtergehen: Kommen wir auch wieder raus, Sola?«

Sie lächelte.

»Versprechen kann ich nichts. Aber: ›Der Gedanke, dass es gut ausgehen kann, ist von entscheidende Bedeutung.‹ Sagt Max Horkheimer. So ungefähr.«

»Sehr ermutigend.«

Die Stufen waren stabil, aber rutschig. Der Rucksack auf meinem Rücken schubberte gegen die gegenüberliegende Wand, als ich immer weiter abwärtsstieg. Zwanzig Stufen. Fünfundzwanzig? Ich hatte nicht mitgezählt. Als ich am Boden ankam, war das Taschenlampenlicht von Sola über mir noch zu sehen, blendete mich aber nicht mehr. Ich traute mich nicht, zu rufen, und winkte ihr als Zeichen, dass ich unten angekommen war. Während sie abstieg, flackerte das Licht unruhig in alle Richtungen, sie musste es an ihrem Rucksack befestigt haben oder hielt die Lampe im Mund, um die Hände zum Klettern frei zu haben.

Es war kalt hier unten und roch beißend, wie die Chemikalien in einem Bauarbeiterklo. Ich ahnte die Konturen eines Tunnelgangs aus unregelmäßig geschlagenem Stein. Meine Augen hatten sich an die Dunkelheit des Waldes gewöhnt – aber hier war es noch finsterer.

Als Sola neben mir stand, leuchtete sie nach links und rechts. So weit das Licht reichte, war ein Höhlenweg zu sehen, drei Mann hoch und breit genug für einen Lastwagen.

»Unheimlich. Wie weit geht das?« Obwohl ich flüsterte, hallte meine Stimme weit durch den Raum.

»Wie unendlich.«

An den Wänden waren Markierungen zu sehen, Pfeile in alle möglichen Richtungen, schief, wie im Vorbeigehen von Hand aufgemalt, daneben aber auch offiziell gepinselte Wegzeichen aus Buchstaben und Zahlen an jedem Abzweig, die offenbar einem System folgten und Orientierung versprachen für diejenigen, die sie lesen konnten. Sola lief nach rechts. »Wir folgen die grünen.« Sie leuchtete an die Wand, und jetzt erst erkannte ich einen kleinen grünen Kreidepfeil, der weit unten angezeichnet war, fast am Boden, fast nicht zu sehen.

Der Weg war uneben, aber wir entdeckten bald, dass in der Mitte des Bodens eine Spur Gleise verlegt worden war. Steine in verschiedenen Größen lagen umher, wir mussten bei jedem Schritt vorsichtig auftreten. Wir schienen abwärtszugehen, immer tiefer in den Berg, aber vielleicht bildete ich mir das auch nur ein. Etwa alle fünfzig Schritt standen wir an einer neuen Kreuzung, immer waren die Wegzeichen zu sehen: *B 3 Ost, W 7 Ost, K 17.* Ich fühlte mich an den Technikgang im Krankenhaus erinnert, aber hier verstand ich das System noch weniger.

»Wer hat das alles gegraben?«, fragte ich Sola.

»Tausende Menschen, die dazu gezwungen wurden. Viele von ihnen sind dabei gestorben. Die Nazis nannten es ›Projekt Malachit‹. Unter der Erde wollten sie Raketen bauen für ihren Krieg. Aber der Krieg war zu Ende, bevor sie hier irgendwas bauen konnten. Der Stollen ist geblieben.«

Ich sah sie fragend an, aber sie schaute konzentriert zu Boden und an die Steinwände und versuchte, uns beiden zugleich den Weg zu leuchten.

Wir folgten den Gleisen.

Dann schaute sie mich doch kurz an.

»Spürst du sie nicht?«

Ehe ich antworten konnte, hörten wir Stimmen. Und Schritte.

Ich erstarrte. Sola leuchtete einmal zur Seite, wir standen an einer Kreuzung, sie zerrte mich in einen Gang nach links, weg von den Gleisen. Bei einem letzten Blick nach vorn sah ich zwei Männer in Uniform in unsere Richtung rennen, das

Licht von Grubenleuchten wackelte im Takt ihrer schnellen Schritte, sie hielten Gewehre in der Hand. Eigentlich waren sie zu weit entfernt, als dass ich ihre Gesichter hätte erkennen können, aber mir schien dennoch, als hätte ich beide deutlich gesehen und als wären sie ebenso überrascht gewesen wie wir.

»Halt!«, schrie einer.

»Stehen bleiben!«, der andere. Sie kamen schnell näher.

Ich stieß mir das Knie an einer Felskante, greller Schmerz schoss durch mein Bein, durch meinen ganzen Körper, ich heulte laut auf.

»Wer da?«, schrie wieder eine der Männerstimmen. Sie klang tief, wie die von Hoss Cartwright aus *Bonanza*.

»*Vite!*«, rief Sola. Sie nahm mich an der Hand und zog mich hinter sich. »Halt dich an meinem Rücken, lauf *juste* hinter mir!«

Sie rannten hinter uns her. »Stehen bleiben! Bleibt sofort stehen!«, rief die zweite Stimme.

Sola schaltete das Taschenlampenlicht immer wieder kurz ein, um den Weg zu sehen, dann wieder aus, damit wir möglichst unentdeckt bleiben konnten.

Mein Bein schmerzte höllisch. Ich humpelte hinter ihr her, immer wieder durch völlige Nachtschwärze, meine Hände hielten ihre Hüfte.

Laute Rufe hinter uns. Stehen bleiben! Halt!

»*Plus vite!*«

Wir rannten, so schnell ich konnte. Sola schlug Haken, wann immer wir an eine Abzweigung kamen, ich hörte, wie sie sich selbst den Weg zuflüsterte ... *Gauche ... Gauche ... Droite ... Gauche ...*

»Achtung! Wir schießen!«, wieder die erste Stimme, viel heller als die zweite, jünger.

»Sola!«, schrie ich. Ich hatte Angst.

»Die schießen nicht.« Sie war auch außer Atem. »*Vite!*«

Ich bückte mich unwillkürlich. So bot ich weniger Fläche, falls die Soldaten wirklich schießen würden. Dann fiel mir auf, dass ich ja direkt hinter Sola lief und ihr Schutz bieten konnte. Dann schießt lieber auf mich. Ich richtete mich wieder auf.

Immer wieder stieß ich mit den Füßen gegen Steine, knickte um, auch Sola stolperte, aber wir fielen nicht und rannten.

Gauche ... Droite ... Droite ... Immer weiter.

Wer hatte all diese Tunnel gegraben?

Warum waren die Soldaten immer noch hinter uns?

Die ätzende Luft schmerzte in meinen Lungen, ich schwitzte, humpelte, die Schmerzen in meinem Knie waren kaum auszuhalten.

»Ich kann nicht mehr!« Meine Stimme war rau geworden wie bei einer Bronchitis.

»Ich auch nicht!«

Nichts mehr zu hören von unseren Verfolgern. Sola knipste die Taschenlampe an und schlug einen letzten Haken ... *Gauche* ... Dann blieb sie so plötzlich stehen, dass ich gegen ihren Rücken prallte.

»Muss mich ... *attends*«, keuchte sie. Sie knipste die Taschenlampe wieder aus. »Licht bleibt aus.«

Ich tastete an der Wand entlang bis zum Boden, kickte mit dem Fuß ein paar Steine aus dem Weg und setzte mich, mein Kopf hing vor Erschöpfung zwischen meinen Knien. Das rechte Knie hielt ich mit meiner rechten Hand.

»Bleiben wir leise«, flüsterte Sola.

»Okay.«

»Atme nicht so laut.«

Ich hörte meinen raschen Atem und spürte mein pumpendes Herz, sonst blieb es still.

Dann hörten wir die Soldaten wieder. Schritte.

»*Chut!*«, machte Sola.

Ich nickte, obgleich ich wusste, dass sie mein Nicken nicht sehen konnte. Hier unten herrschte völlige Finsternis, ein anderes, tieferes, vollständigeres Dunkel als das Dunkel der Nacht. Wir standen auf und drückten uns nah zueinander in eine schmale Felsspalte. Sola vor mir.

Die Schritte kamen näher. »Rauskommen!«

Die dunklere Stimme. Hoss Cartwright.

Er würde sicher nicht schießen, dachte ich.

Oder?

Sola presste sich von vorn an mich, ich konnte ihr festes, elastisches Haar riechen und den schweren Duft vom Schweiß ihres Körpers. Der Kunststoff des Rucksacks auf ihrem Rücken raschelte leise gegen mein Gesicht.

Sie tastete nach meiner Hand und umschloss sie. Dann drückte sie meine Hand zweimal.

So wie es mein Vater oft macht. Ich stehe über ihm, im Kirschbaum, und schaue in sein glückliches Gesicht, eine für mich, eine für ihn. Ich pflücke die Kirschen, versuche, sie ihm direkt in den Mund zu werfen, manchmal gelingt es. Die Kerne spuckt er in hohem Bogen in die Landschaft, er hat es raus, sie fliegen weit, weiter noch als meine, obwohl ich sie von viel weiter oben spucke. Ich frage ihn, ob Kirschenklauen nicht verboten sei, er spricht von Mundraub, das sei erlaubt, solange man wirklich Hunger leide, und das tun wir ja wohl, oder nicht? Ich nicke und esse und werfe und spucke. Ich setze mich oben auf einen dicken Ast.

Du bist noch da, solange wir an dich denken, oder?

Die Schritte der Soldaten wurden leichter, leiser. Sie hatten sich wohl aufgeteilt, es schien nur noch der ältere Soldat in unserer Nähe zu sein.

»Haben Sie sie?« Ein Ruf von fern. Die andere, hellere Stimme.

»Noch nicht!« Hoss Cartwright. Nicht weit weg.

Sola drückte meine Hand zweimal.

Der Aufstieg zur Burg Falkenstein ist nicht lang, aber steil. Hier ist das Tal noch enger. Die Schiltach rauscht heute mit viel Wasser, die Heidelbeersträucher am Wegrand sind schon abgeerntet, der alte, weiche Stein trägt Moos und gibt unter meinen Schritten nach. Geh nicht hin, hatte meine Mutter gesagt, aber mich doch gehen lassen. Mit welchen Gedanken ist er hier hinauf, das Abschleppseil bei sich? Wie entschieden muss er gewesen sein, um diesen Weg zu gehen? Und warum hier? Wem wollte er sich zeigen? Wem wollte er hier nah sein, oder fern? Die roten Steine der Ruine liegen verteilt, an manchen Stellen ahnt man noch ein Fenster, eine Feuerstelle, und eingelassen in die einzige Mauerwand, die hier seit dem Mittelalter steht und noch steht, ein Eisenring. Der Absatz einer Schießscharte in einigem Abstand darunter, da hinauf, ja, so, wird er gedacht haben, so könnte das reichen.

Ich legte meinen Kopf auf Solas Rücken, der leere Rucksack war im Weg. Sie ließ es geschehen, auch wenn es für sie eine weitere Beschwernis bedeuten musste. Sie hielt noch immer meine Hand.

Die Schritte von Soldat Hoss Cartwright entfernten sich.

Sie entdeckten uns nicht.

Ich hörte Sola wimmern.

»Was ist?«, flüsterte ich von hinten in ihr Ohr.

»Spürst du sie nicht?«

Ich schüttelte den Kopf.

»Mach die Augen zu, mein kleiner Affe.«

Ich schloss meine Augen.

Dann seh ich sie.

Sie sind umgeben von ihrem eigenen Leuchten und kommen aus dem Dunkeln auf uns zu. Zuerst nur wenige, ich merke mir ihre Namen und vergesse sie nie mehr. Jean-Baptiste Durand, der Gendarm aus Pluherlin. Roelof Elsinga aus Maarsbergen, auch ein Polizeibeamter. Ich sehe ihre kurz geschorenen Köpfe, vor der Zeit grau gewordene Haut, vom Hunger kantige Wangen. István Tohl, der nur einen Tag nach Ajzyk Abramowicz hier ankam. Jerzy Domański. Ihre Augen liegen tief in den Höhlen und strahlen in seltsam leuchtendem Schwarz, so wie ein reinschwarzer Turmalin auch in einer finsteren Nacht deutlich zu erkennen wäre, als schönstes, durch und durch dunkelstes Dunkel. Carlo Garlatti, kaum älter als Sola, ein Student aus dem Friaul, von Jungs aus seinem Dorf als Kommunist denunziert. Dann kommen auch all die anderen, immer mehr, nur Männer, in zerschlissenen Hemden, manche mit Wolljacken darunter, aus denen die Zeit und das Unglück die Fäden gelöst haben. Sie sind allesamt barfuß. Ich sehe ihre Hände, die eingerissenen Nägel, verschorfte Ballen, ich möchte sie halten, umarmen, trösten, aber berühren kann ich sie nicht, sie sind sichtbare Wesen, aber körperlos, wie menschliche Wolken. Sie sprechen in all ihren Sprachen, keinen von ihnen verstehe ich, alle verstehe ich, Italienisch, Ungarisch, vielleicht Polnisch, Tschechisch, ernste, kehlige, kernige Laute, ich höre ein paar Worte Französisch, Holländisch, einer auf Deutsch. Ich stehe stumm vor Mitleid und Angst vor ihnen, bewegungslos, ich fürchte mich, auch nur einen Schritt zu tun und mit diesem Schritt durch die Männer hindurchzugehen, sie dadurch zu verletzen, noch mehr zu verletzen.

Sola weint.

Tausende Männer haben diesen Stollen gebaut, in kaum

einem Jahr, sie wurden gezwungen, ihn zu bauen, und sind dabei gestorben. Es sind immer mehr, von allen Seiten drängen sie zu uns, und Sola nimmt sie auf, sie breitet ihre Arme aus, lässt sie zu sich, hält dabei meine Hand, und wie kleine, heftige Schockschläge spüre ich jeden Einzelnen von ihnen in meinem Körper, spüre all ihr Leid, all ihren Schmerz, die Entbehrungen, den Kummer, die Wut, die Ausweglosigkeit, die Sorge, die Angst, die Einsamkeit, die Sehnsucht, die Folter, die Qual, die Liebe, Freundschaft, den Hunger, den Durst, die Trauer, höre all ihre Geschichten in all ihren Sprachen, die dadurch meine Sprachen werden, sie hinterlassen sich mir, sie geben sich mir zu tragen, und nichts davon kann ich tragen, das Schicksal jedes einzelnen dieser Männer wäre zu viel zu tragen, wer bin ich schon. Ich strecke meine andere Hand nach Sola aus, und Sola, die doch immer alles weiß und alles kann, hält auch meine zweite Hand, hilflos schluchzend vor mir, sie will die Männer trösten, umarmen, sie lässt mich los und greift nach ihnen wie nach Schatten, und dann sind die Männer verschwunden und doch für immer bei uns.

»Du hast sie auch gesehen, oder?«, flüsterte ich weinend.

»*Oui.*«

»Was wollten sie?«

»Zu uns. Zu irgendwem. Unglückliche Menschen wollen nicht alleine sein, auch nicht, wenn sie gestorben sind.«

»Es waren so … so viele.«

»*Oui.*«

»Warum können wir sie sehen?«

»Ich weiß nicht, mein kleiner Affe. Vielleicht sind wir so was wie Engel.«

Ich blieb stumm. Ich fürchtete die Finsternis hier unten, und doch war all das hier nur im Dunkeln zu ertragen.

»Also ich, für mich … ich bin ziemlich sicher ein Engel. Bei dir weiß ich nicht. Vielleicht bist du ein halber Engel. Oder du wirst es noch.«

Dann flüsterte sie noch leiser: »Ich kenne deine *Maman* schon.«

»Wie meinst du das?«

»Ich hab sie schon mal gesehen. Am Meer.«

Und wir saßen weiter in der Dunkelheit, manches macht das schwerer, manches macht das auch leichter. Und Sola erzählte, noch immer zitternd, aber mit fester Stimme, wie sie mit Vincent am Atlantik war, ein Ausflug, zur selben Zeit, als auch ich in Frankreich war und mit Olivier in der Schule saß. Und dass sie eine Frau am Strand sitzen sah, auf einem kleinen Handtuch, in ihrer hellblauen Arbeitskleidung und mit einem Namensschildchen an der Brust, auf dem »Schwester Ursula« stand, mit blauen und grünen Trauben vor sich und einer Flasche Wein, und wie sich die Wellen aufs Weißwasser rollten und wie die Frau zum Horizont schaute und nicht mehr aufhören konnte zu weinen.

»Ich hab mich zu ihr gesetzt.«

Und meine Mutter schaute dankbar und schwieg, Sola nahm sie in den Arm, meine Mutter wurde viel zu selten in den Arm genommen, und sie weinte laut, ein Heulen, rau vor Verzweiflung, und die Wellen rollten weiter heran, und ihr Heulen war lauter. Dann malte sie ein Gesicht in den Sand und schaute Sola an, und Sola nickte, und das Meer kam näher und überspülte das Bild, und das Handtuch wurde nass, und niemand bewegte sich, und sie hielt meine Mutter noch lange, bis eine weitere Welle kam, die Flut setzte ein. »*Allez*«, sagte Sola und nahm der Frau den kleinen Stock aus der Hand und malte auch ein Gesicht in den Sand, und ein zweites dazu, und meine Mutter schaute sie an und nickte, und die beiden umarmten sich, bis meine Mutter die Umarmung löste und Sola noch einmal genau ansah. »Merci«, sagte sie wohl, so leise, dass es niemals im Weltenprotokoll vermerkt werden würde, und dann drehte sie sich um, und die Trauben und den Wein hatte das Meer hinfortgespült, und sie ging zurück zu ihrem kleinen roten Auto, barfuß, in Arbeitskleidung, ihre Schuhe in einer Hand, die Socken darin, und auf halbem Weg drehte sie sich noch mal um, und Sola, die stehen geblieben war, winkte ihr, und meine Mutter winkte ihr zurück.

»Sie war am Meer. Da wollte sie immer hin.«

»*Oui*, mein kleiner Affe.«

»Hat sie dich wiedererkannt?«

»Ich denke schon.«

»Deshalb hat sie dir auch das Auto einfach so gegeben.«

»*Possible.*«

»Haben Sie hier bereits nachgesehen, Herr Obergefreiter? C06 Ost?«

Die helle Stimme. Der junge Soldat.

»Woher soll ich das noch wissen.« Das war Hoss.

Ein harter, heller Lichtkegel leuchtete in den Gang, in dem wir, an die Wand gedrängt, in einer Felsspalte kauerten.

»Nix.«

Ein trockenes Husten. »Verdammte Luft hier unten. Verdammte Geldratten. Weiter! Und halt mal die Knispel nicht so, dass du dir damit selbst in den Fuß schießt, Sprutze.«

»Was ist meine Knispel, Herr Obergefreiter?«

»Na, die Kalaschnikow in deiner Hand, Soldat. So nennen wir die hier.«

Die beiden Soldaten entfernten sich.

»Wo sind die nur reingekommen, Herr Obergefreiter?«

»Keine Ahnung. Aber die Frage ist: Kommen sie je wieder raus?«

»Sie haben sie ganz schön gejagt!« Devotes Kichern der hellen Stimme.

Stille.

Mir fiel auf, dass ich die Luft angehalten hatte. Ich atmete laut aus und tief ein. Die bittersaure Luft brannte immer schlimmer in meinen Lungen.

»Wieso konnten wir die Männer sehen, die den Stollen hier gegraben haben?«, flüsterte ich zu laut.

»*Mon Dieu*, mein Affe ... woher soll ich alles wissen? Dich rufen die Toten an, wir stehen in einer Grube am Ende der Welt, wundert dich noch irgendwas?«

Sie hatte recht.

Ich wusste noch alle Namen der Männer, ich sah sie vor mir als die Kinder, die sie mal gewesen waren, als die Liebenden, die Geliebten, die Freunde. Ich hatte Durst und wollte mir nicht erlauben, Durst zu haben, denn wie schlimm war der Durst, den diese Männer gelitten hatten?

Sola knipste die Taschenlampe an.

»*Ça va*, mein kleiner Affe?« Sie leuchtete auf meinen Bauch, um mich nicht zu blenden.

Ich nickte tapfer. Sola zog mich aus der Felsspalte heraus.

»Was macht das Bein?«

»Wird schon. Weißt du, wohin wir gehen müssen?«

»*Pas du tout.*«

»Was?«

»Ich hab kein Plan. *Viens.*«

Wir liefen nach Gefühl durch die Dunkelheit. Rechts. Rechts. Links. Rechts. Die Markierungen halfen uns nicht mehr weiter. Links. Links. An jeder Kreuzung lurten wir vorsichtig um die Ecke, aber von den beiden Soldaten war nichts mehr zu sehen. Mein Bein schmerzte weiter, aber Sola leuchtete stets nur einen Meter vor uns auf den Boden und bemerkte mein Humpeln nicht.

»Sola?«

»*Oui?*«

»Wo ist Zaïre?«

»Mitten in Afrika.«

»Bist du da geboren worden?«

»*Oui.* In Lubumbashi, die Hauptstadt von die Provinz Katanga.« Sie sprach voller Stolz. »Wir haben dort, was alle wollen: Kupfer. Kobalt. Auch Diamanten, behaupten manche, aber Diamanten gibt es eigentlich nur in Kasai. Deshalb sind immer viele Weiße gekommen. Erst haben sie die Menschen gestohlen. Dann das Land. Dann alles darunter. Viele von den Weißen werden reich. Zaïre bleibt arm.«

»Und du?«

Sie ignorierte meine Frage. »Wir haben vier Sprachen. Kikongo, Lingala, Swahili und Tshiluba. Und wir haben Gorillas. Und mehr Schmetterlingsarten als in jedem anderen Land der Erde. Aber jetzt ist Krieg.«

»Ein großer Krieg?«

»*Oui.* Alle kämpfen gegen Mobutu. Der ist brutal. Und Mobutu kämpft gegen alle.«

»Und du?«

»Ich bin lang weg. Mein Großvater Papa Nkasi wurde von einem Mundele, einem Weißen, nach *Belgique* mitgenommen. Ein Händler für Kobalt. Er hat ihn Diener genannt, aber wie ein Sklave gehalten. Und dann wieder zurückgebracht. Mein Großvater durfte eine Frau heiraten, der Mundele hat es erlaubt. Sie wurde meine Oma, Faradje. Dann musste er wieder mit dem Händler gehen und alle zurücklassen. Meine Oma hat meinen Vater geboren, Augustin Amboulou. Mein Vater hat eine Frau geheiratet, Keithsa, meine Mutter. Sie hat mich gekriegt in

Lubumbashi. Dann haben sie mich auf die Reise gegeben. Nach *Belgique*, zu den anderen Kindern von meinem Opa. Für meine Bildung. Ich war sieben. Ich wollte nicht weg, aber ich musste. Die anderen *en Belgique* wollten mich nicht. Also war ich allein. Bis ich Vincent fand. Und er mich.«

»Warst du traurig?«

»*Oui*, mein kleiner Affe. Aber dann hab ich was entdeckt.«

»Was denn?«

»Glücklich zu machen ist überhaupt nicht schlechter als glücklich zu sein.«

Ich überlegte. Stimmte das?

»Als ich zum Beispiel deine *Maman* am Meer gesehen habe – da habe ich irgendwie gewusst, dass ich da bin, um sie glücklicher zu machen. Oder zumindest, um sie zu retten. Und wenn ich das schaffe, macht mich das glücklich.«

»Sola?«

Meine Frage kam mir so albern vor, dass ich eine Pause machte.

»Wie lange bist du schon ein …«

»… ein Engel? Ich weiß nicht. Vielleicht seit ich aus Zaïre weg bin. Vielleicht bin ich auch kein Engel, sondern nur ein super Mensch. Oder verrückt, weil ich Stimmen von Toten höre.«

»Du bist nicht verrückt, Sola. Du bist …«

In diesem Moment stolperte ich über ein Bahngleis und fiel.

»*Qu'est-ce qui t'arrive?*«

Sola leuchtete zu mir und half mir auf. Dann sahen wir das Loch in einer gewaltigen grauen Betonwand.

»*Regarde!* Das Geld, mein kleiner Affe, wir haben es gefunden!«

Wir liefen die letzten Schritte bis zu dem Loch. Am Boden lagen bereits zahllose Geldscheine. Ich begann, sie einzusammeln, konnte aber bald nichts mehr sehen, weil Sola mit der Taschenlampe in der Hand durch das Loch geschlüpft war. Ich hörte einen leisen Freudenschrei auf der anderen Seite der Wand und folgte ihr.

Es war mehr, als man sich vorstellen konnte. Von Erde und Dreck halb verdeckte Hügel von Scheinen, zum Teil noch in Plastik verpackt, zum Teil in Bündeln, zum Teil einzeln, manche halb verrottet, zerrissen, zerknickt, andere noch wie neu, grauschwarze Fünfmarkscheine, grüne Zwanziger, blaue Hunderter mit einem Mann darauf, der einen mächtigen weißen Bart trug, Zweihunderter, Fünfhunderter, das Geld füllte den Tunnel, so weit wir im Taschenlampenlicht sehen konnten. Riesige Berge von Geld.

Sola schrie noch mal auf und flüsterte zugleich. »Wir sind reich!«

Ich lachte und nahm den Rucksack von meinen Schultern. Die Scheine, die ich draußen schon eingesammelt hatte, ließ ich fallen, es waren zumeist Fünfmarkscheine und Zehnmarkscheine. Stattdessen sammelte ich die großen Scheine ein. Hunderter. Zweihunderter. Fünfhunderter.

»Man kann das Geld auf der Bank tauschen«, erklärte ich Sola, während ich hektisch Geld einsammelte. »Gegen unser Geld. Das haben die alle gemacht, ich hab's in den Nachrichten gesehen. Und wenn wir das auch machen, dann sind wir wirklich reich!«

Sola hatte die Taschenlampe auf einen Geldscheinhügel gelegt und ebenfalls schon begonnen, ihren Rucksack vollzustopfen.

»Mit so viel Geld kann ich nach Hause.«

Schweigend strahlend erstellte ich eine Liste der Dinge, die ich mir kaufen würde:

Einen Trainingsanzug von Kappa.

Ein Haus wie das der Wolframs, mit Bibliothek.
Ein neues Auto.
Ein Haus am Meer. Mit Pool und Sonnenschirm.
Eine Nagelschere aus schwerem, solidem Metall.
Einen Walkman von Sony. Modell DD-2.
Jeden Tag echtes Spezi.
Eine Sonnenbrille mit Sehstärke in den Gläsern.

Der Rucksack war randvoll. Solas auch. Ich musste dem Drang widerstehen, auch noch Geld in meine Hosentaschen zu stecken. Ich umarmte Sola und fühlte ihren warmen Körper durch den schwarzen Pullover hindurch.

»Jetzt kann uns nichts mehr passieren«, sagte ich leise in ihren Pulli hinein.

»*Bah* ... mein kleiner Affe ... wir kennen den Rückweg nicht, es gibt Soldaten mit Gewehren, und wenn die Licht ausgeht, sind wir *perdus*.«

»Wir schaffen das schon.« Das Geld in meinem Rucksack gab mir unendlich Zuversicht.

Erst flackerte das Licht unserer Taschenlampe unruhig.

Dann erlosch es.

Als hätte das Licht der Taschenlampe auch Wärme gespendet, begann ich zu frieren. Ich rief nach Sola.

»Sola?« Ich rief zu laut.

»Ich bin hier, mein kleiner Affe.«

Ich spürte ihren Arm und ergriff ihn. Sie zitterte auch.

»Die Lampe ...«

Die Finsternis war allumfassend. Wir stolperten in eine Richtung, in der wir das Loch in der Betonwand vermuteten. Ich begann laut zu schluchzen. Es fiel mir schwer zu atmen, ich hielt Sola mit beiden Händen fest.

»Ruhig bleiben, mein kleiner Affe.«

Aber ich hörte die rasselnde Panik in ihrer Stimme. Sie umarmte mich eine Weile. »Streck eine Hand aus, und such die Wand. Ich mach das auch.«

»Lass m-m-mich nicht los.«

»*Jamais.*«

Wir tasteten uns in kleinen Schritten voran, bis wir an eine grob behauene Wand stießen. Unsere Füße raschelten durch Geldscheine. Es war schwer, einen Schritt zu machen, wir standen oft bis zu den Knien in Haufen aus Geld. Wir tasteten uns weiter, bis wir endlich die glatte Oberfläche der Betonwand spürten.

Dann fanden wir das Loch in der Wand.

Ich weigerte mich, Sola loszulassen. Aber zu zweit passten wir nicht durch das Loch. Sie redete beruhigend auf mich ein, in einer Sprache, die ich noch nie gehört hatte und nicht verstand.

»Ich lass dich nicht los, mein kleiner tapferer Affe. *Bon.* Du zuerst. Ich halte dich an den Füßen.«

Ich kniete mich hin und tastete nach dem Loch.

Niemals. Ich konnte nicht weiter. Ich fror. Ich schwitzte. Ich wollte zurück. Aber Sola war hinter mir und hielt mich auf allen vieren an den Knöcheln meiner Füße. Sie schob mich sanft nach vorn.

Ich weinte. Das Dunkel war maßlos. Der Rucksack mit dem Geld hing mir schief über den Rücken und schien mich zur Seite zu ziehen – bis ich merkte, dass es Sola war, die mich nach oben zog, bis ich wieder stand.

Stille.

»Ich hab Angst.« Ich krallte mich an ihr fest.

»Ich auch.«

So blieben wir stehen, zitternd.

»*Viens*, armer kleiner Affe. Durch die Angst müssen wir durch.«

Wir tasteten uns durch die Finsternis. Es gab kein Licht.

Wie Blinde stolperten wir durch die Gänge, hielten uns an den Händen, tastend, suchend, verloren. Es gab keine Himmelsrichtungen mehr und keinen Plan. Ich humpelte, mein Knie war angeschwollen.

»Sola?«

»*Quoi?*«

»Wie schlimm ist der Tod?«

»Kommt drauf an, wen du fragst, mein kleiner Affe. Baudelaire sagt: ›*C'est la Mort qui console, hélas! et qui fait vivre; C'est le but de la vie, et c'est le seul espoir.*‹«

»Was heißt das?«

»Es ist nicht verkehrt, dass das Leben auch ein Ziel hat.«

»Quatsch.«

»*Ma foi, peut-être.* Gibt aber guten Trost, wenn du so denkst.«

Sola stieß gegen irgendwas. Erst zögerte sie. Dann lachte sie laut auf und ließ meine Hand plötzlich los.

»Die Gleise, natürlich! Wir folgen einfach die Gleise! Damit kommen wir heim!«

Ich hörte, wie sie sich hinkniete, um die Schienen mit den Händen zu spüren.

»Wo die hinführen, ist der Ausgang. Die bringen uns raus. Sicherlich.«

Dann richtete sie sich auf und griff wieder nach meiner Hand, wir streckten die freien Hände nach vorn aus und liefen entlang des Gleises, die Füße immer in Kontakt mit dem alten Eisen.

»So schaffen wir das, kleiner Affe. So schaffen wir das.«

Und so schafften wir das. Wir liefen eine Ewigkeit durch die Finsternis, aber der fahle Lichtschein des Mondes durch die Deckenluke war schon von Weitem zu sehen, er schien uns ein mächtiges Leuchten, hell wie ein vergehender Stern. Wir machten Witze, erleichtert, bis wir wieder an den Eisenstreben angelangt waren, an denen wir vor tausend Jahren, vor ein paar Stunden hinabgestiegen waren.

Oben setzten wir uns und atmeten die frische Luft. Sola erzählte von der Venus, und ich schwor, nicht mehr mit den Toten zu sprechen.

Sola wollte ihren Rucksack in den Kofferraum werfen, als wir wieder am Auto ankamen, aber ich bestand darauf, beide Rucksäcke zwischen meinen Beinen zu verstauen. Wir waren unendlich erschöpft und hellwach zugleich.

»Kannst du fahren?«

»Ich kann.«

Noch einmal hielten wir bei McDonald's. Ich bestand darauf, alleine hineinzugehen, Sola sollte die Rucksäcke im Auto bewachen. Ich kaufte zwei große Sprite, zwei Big Macs, große Pommes und zahlte mit einem der verbliebenen Hundertmarkscheine vom bösen Geld. Die Kassiererin grinste, als sie mich sah.

»Lange Nacht jewesen?«

Ich nickte. Ich fühlte mich prächtig. Ich stank fürchterlich. Es war mir egal.

Draußen passte Sola auf ein paar Millionen Mark auf. Ich wollte nach Hause.

Die Filiale der Deutschen Bank in Halberstadt war nicht schwer zu finden, sie befand sich in einer der wenigen alten, halbwegs erhaltenen Villen, der blaue Firmenschriftzug prangte wie ein schief gehängtes Provisorium über dem Eingang. Die Adresse lautete Westendorf 37a. Vergitterte Fenster. Wir mussten eine Weile warten, ehe die Bank öffnete, und waren darüber eingeschlafen. Als wir aufwachten, bildeten die Kundinnen und Kunden bereits eine lange Schlange bis vor die Eingangstür. Wir beschlossen, erst mal einen Testlauf zu unternehmen, also hatten wir ein paar besonders gut erhaltene Scheine aus meinem Rucksack geholt und waren mit 5000 Ostmark an die »Kasse 2« getreten. Den Rest des Geldes hatten wir – »Stell dich nicht so an, wird schon niemand klauen« – im Auto gelassen.

»Wir möchten das Geld bitte umtauschen in Westmark.« Ich legte das Geld in die Drehschale vor mir. Meine Stimme kam mir überraschend fest vor. Die Dame hinter der schusssicheren Glaswand hatte ein freundliches, schmales Gesicht, schulterlanges, blondes Haar mit einer Dauerwelle, durch deren kleine Locken man kaum noch einen Bleistift hätte stecken können. Sie trug einen blauen Deutsche-Bank-Pin an ihrem schwarzen Jackett und eine auffällige rote Brille, deren dicke Gläser ihre Augen riesengroß erscheinen ließen. Ich dachte an Nadine.

An dem Schalter der Rotbrillenfrau war die Warteschlange am längsten gewesen, aber Sola hatte darauf bestanden, sich bei ihr anzustellen.

Die Frau schaute auf die Scheine und dann neugierig zu uns beiden.

Einmal hatte ich meinen Vater weinen sehen. Ich saß neben ihm auf einem Stuhl, der seltsam wippte und dessen Stoffbezug an meinen nackten Beinen kratzte. Es war in irgendeinem Sommer, es war heiß, und mein Vater hatte mich zu dem Termin bei der Volksbank mitgenommen. Zwischen uns und dem jungen Mitarbeiter der Bank stand ein gewaltiger schwarz glänzender Tisch mit verchromten Beinen, der Mann hatte mir ein kleines Päckchen Gummibärchen angeboten, aber ich hatte abgelehnt, weil ich mir nicht sicher war, ob es ein Geschenk war oder ob mein Vater es später bezahlen müsste. Wir saßen am Rande der großen Schalterhalle, und der riesige Tisch machte es notwendig, dass mein Vater viel lauter sprechen musste, als er wollte. Er versuchte, überzeugend und fordernd zu sprechen, und zugleich so leise, dass nicht alle in der Schalterhalle mitbekamen, was er wollte. Ich verstand, dass es um Geld ging, das uns fehlte und das die Bank uns nicht geben wollte, Kreditrahmen, Dispo, Tilgungsmöglichkeiten, mein Vater schrie und flüsterte gleichzeitig, und der Mann uns gegenüber drehte einen gelb-schwarzen Bleistift zwischen den Fingern beider Hände, während er zuhörte. Manchmal schüttelte er den Kopf und schloss dabei kurz die Augen.

Der Vortrag meines Vaters dauerte eine ganze Weile. Die Reaktion des Mannes war kurz.

»Ich bedaure, wir können in dieser Sache nichts für Sie tun.«

Mein Vater schaute ihn an, als hätte der Mann in einer fremden Sprache zu ihm gesprochen. Dann nickte er und reichte dem Mann über den großen Tisch hinweg die Hand, er musste sich so weit hinüberbeugen, dass die Krawatte, die er sich für diesen Termin extra angelegt hatte und die er sonst nur im Casino trug, auf dem großen Tisch auflag und Falten warf. Zugleich streckte er seine linke Hand in meine Richtung aus, ein Zeichen des Aufbruchs an mich, aber mir kam es vor, als suchte er vor allem nach Halt. Der Mann von der Bank ergriff die rechte Hand meines Vaters und schüttelte sie, ich nahm zugleich seine linke. Für einen Moment waren wir alle drei miteinander verbunden, aber statt Strom flossen nur Fragen zwischen uns hin und her. Ich hatte verstanden, dass der Mann die Möglichkeit gehabt hatte, meinem Vater zu helfen. Ich verstand nicht, warum er es nicht tat.

Als wir die Volksbank verließen, hielt mein Vater noch immer meine Hand und sprach leise zu sich selbst: »Jetzt wird's eng.«

»Was wird eng, Papa?«

Erst da schien er aus seinen Gedanken aufzutauchen und schaute mich an.

»Ach nix, Kleiner.« Er lächelte mir schepps zu.

Wir standen vor dem Bruckbeck, einer der kleinen Kneipen der Stadt. Durch die gefärbten Mosaikglasscheiben der Gaststätte flackerten die Lichter von zwei Spielautomaten. Mein Vater kramte in seiner Hosentasche, griff dann hinter mein Ohr und zauberte ein Fünfmarkstück zwischen Daumen und Mittelfinger. Er lachte mich an und ließ das Geldstück in seiner Hand über meinem Kopf kreisen wie einen zweiten Mond.

»Kaufen wir dir hiervon ein kleines Eis … oder spielen wir 'ne Runde am Automaten im Bruckbeck und kaufen dir danach ein Rieseneis?«

Ich wusste, was ich wollte. Aber ich spürte, welche Antwort er hören wollte.

»Ein Rieseneis!«

Er nahm mich in den Arm und knuddelte mich, seine Augen leuchteten vor Glück über meinen Sportsgeist, vielleicht auch über das Vertrauen, das ich ihm schenkte, oder die Möglichkeit zur Bewährung, die ich ihm bot.

Wir betraten das Bruckbeck, mein Vater grüßte fahrig in Richtung des Wirts. Er stand vor dem Automaten wie vor einer Wunschmaschine und holte einen Barhocker hinzu, auf den er mich klettern ließ.

Ich durfte das Geldstück in den Automaten werfen.

Das Gerät blinkte, ich sah die Spiegelungen der Lichter in seinen Augen. Drei Zahlenräder drehten sich zugleich. Eine »Risiko«-Taste blinkte in der Mitte des Automaten.

Eine Sieben, eine Krone, eine Sechs.

Eine Krone, eine Krone, eine Vier.

Eine Sechs, eine Sechs, eine Krone.

Komm schon.

Eine Vier. Eine Krone. Eine Sieben.

Bitte.

Mein Vater hielt seine rechte Hand über der »Risiko«-Taste. Seine linke Hand hielt seine rechte Hand.

Eine Sieben. Eine Sieben. Das dritte Rad drehte sich immer langsamer. Die Sieben rastete ein, fast, dann sprang sie doch um. Eine Krone.

Ich kniete auf dem Barhocker und hielt meinen Vater mit beiden Händen umarmt. Er blickte weiterhin auf den Automaten, so als wüsste er besser als das Gerät, wann das Spiel vorbei sei.

Das aufgeregte Blinken des Automaten wechselte wieder zurück zu einem gleichmäßig lockenden Leuchten, jetzt wieder ein Versprechen statt einer Herausforderung. Die »Risiko«-Taste hatte sich auf ihr warmes Orange zurückgestellt.

Keine Regung bei meinem Vater.

Ich wusste, was jetzt zu sagen war. »Ich mag eh kein Eis, Papa.«

Dann sah ich seine Tränen, und als ich ihn hielt, spürte ich, wie der Kummer seinen Körper schüttelte und wie er jeden Muskel seines Körpers anspannte, um mich so wenig wie möglich davon sehen zu lassen.

»Die Umtauschregeln sehen leider in keinem Fall den Tausch von Barmitteln vor.«

»*Pardon?*«, fragte Sola.

»Oh, Sie sind Französin? *Comment allez-vous?*«, fragte die Rotbrillenfrau, etwas stolz, auch dieser Situation gewachsen zu sein. Ihre Stimme wurde von einem Mikrofon durch das Panzerglas blechern zu uns getragen. So laut, dass es auch die Kundinnen und Kunden hinter und neben uns hören konnten.

»Belgierin, nicht Französin. Was haben Sie gesagt?«

»Bargeld tauschen wir nicht. Auch keine andere Bank. Der Umtausch von Ost- zu Westmark zu den festgelegten Wechselkursen erfolgt ausschließlich über zum Zeitpunkt der Währungsunion bestehende Konten von Bürgerinnen und Bürgern aus der ehemaligen Deutschen Demokratischen Republik.«

»Verstehe«, sagte ich, eher zu mir selbst.

»Ich nicht«, sagte Sola. »Wir haben Ostgeld. Viel Ostgeld. Wo können wir es in Westgeld tauschen?«

»Gar nicht.«

»Gar nicht?«

»Gar nicht«, wiederholte die Rotbrillenfrau. »Die Scheine sind wertlos.«

Und nach einer Pause, während sie erst mich, dann Sola, dann wieder mich ansah, als würde sie überlegen, wem von uns sie die Nachricht dringender verdeutlichen sollte: »Absolut wertlos.«

Dann beugte sie sich nach vorne, fast so weit, dass ihr Kopf die Panzerglasscheibe zwischen uns berührte. »Wobei mich persönlich sehr interessieren würde, wie Sie an die Scheine gekommen sind, die niemals Teil des offiziellen Zahlungsverkehrs in der DDR waren.«

Sie deutete mit dem Zeigefinger auf ein paar Zweihundertmarkscheine. »Ich weiß, dass diese Scheine gedruckt wurden. Aber ich habe noch nie einen in echt gesehen. Die Regierung der DDR hat sie nie in Umlauf gebracht. Darf ich fragen, woher Sie diese Scheine haben?«

»Dürfen Sie nicht.« Sola nahm das Geld und bedeutete mir mit einem Kopfnicken, dass es Zeit sei zu gehen.

Wieder hatte sich Sola auf die Motorhaube des Peugeots gesetzt und starrte Richtung Bank.

»Ich dachte, wir sind Millionäre. Aber wir haben nur auf eine unterirdische Müllhalde jede Menge Müll eingesammelt, mein kleiner Affe.«

Ich stand vor ihr und wusste nicht, wo ich meine Hände hintun sollte. Schließlich kreuzte ich sie vor meiner Brust und zuckte mit den Schultern. Der ärmste Millionär der Welt.

»Wie viel Maus haben wir noch?«

Ich kramte in meiner Hosentasche. Von den 200 Mark, die uns der Tankstellenwart gelassen hatte, waren noch 140 Mark und ein paar Pfennige da.

»*Bon*, damit kommen wir zurück.«

Wir stiegen ein, die beiden Rucksäcke mit den wertlosen Scheinen warfen wir achtlos auf die Rückbank.

Sola wollte gerade losfahren, als ein Mann gegen die Fensterscheibe auf ihrer Seite klopfte. Er trug eine blau getönte Sonnenbrille, einen sandfarbenen Anzug mit farblich abgestimmter Krawatte, sein volles, schwarzes Haar hatte er seitlich gekämmt. Das dunkelbraune Lederband einer kleinen goldenen Uhr war so eng um sein Handgelenk gelegt, dass sie den Blutfluss staute.

Sola ließ den Motor laufen, fluchte leise zu sich »*Il veut quoi encore?*«, kurbelte dann aber das Fenster runter.

»Was willst du?«, fragte sie barsch.

»Nun, ich stand in der Bank eben hinter Ihnen, und es war mir unmöglich zu überhören …« Er sprach langsam und gestelzt, aber irgendwie schief. Wie ein Hochstapler, der sich auf dem *Traumschiff* als britischer Adliger auszugeben versuchte.

»*Et alors?*«

»Nun, über wie viel Ostmark verfügen Sie denn?« Jeden seiner Sätze begleitete er mit ausladenden Handbewegungen. »Und, wenn ich fragen darf: über welche Scheine genau? Und in welcher Qualität?«

Eine Kunstpause. Er legte die Handflächen auf Höhe seiner Brust aneinander, als würde er zu uns beten.

»Wissen Sie …« Noch eine Kunstpause. »Ich bin Sammler.«

Irgendwo bei Neuengönna drehte Sola plötzlich das Radio auf, knurrte vor Glück und Erleichterung und sang mitten im Lied lauthals mit:

»*She's the heart of the funfair*
She's got me whistling a private tune
And it all begins where it ends
And she's all mine, my magic friend.«

Einer der Ohrwürmer, die in diesem Sommer so oft im Radio gespielt wurden, dass man den Text auswendig wusste, ohne dem Lied jemals bewusst zugehört zu haben und ohne zu wissen, was man da sang – aber so wie Sola mitgrölte, bei offenem Fenster, den Fahrtwind im Gesicht und ein Glitzern in den Augen, so hatte das Lied noch niemand gesungen. Den Refrain sang ich mit, nein, ich schrie die erste Zeile, weil wir so schnell fuhren, dass der Wind fast jedes Geräusch verschluckte:

»*She says: Hello, you fool, I love you!*« Mein Herz schlug mir bis zum Hals vor hellgelbem Glück, draußen zog das Land in großen bunten Stücken an uns vorbei. »*C'mon join the joyride …*
Join the joyride.«

Zwischen meinen Beinen klemmte ein Briefumschlag, in dem 8000 D-Mark waren, Geld, das der Sammler im sandfarbenen Anzug eilig bei der Bank abgehoben und uns überreicht hatte, nachdem wir ihm die Rucksäcke voll mit Ostmark aus dem Stollen gezeigt hatten.

Die Verhandlungen waren kurz gewesen. Er hatte gefragt, wie viel Geld das sei. Wir hatten die Schultern gezuckt. Er schnupperte an den Scheinen und grinste.

»Den Geruch kenn ick. Ick weeß, woher ihr das habt.«

Plötzlich war sein Feine-Leute-Akzent verschwunden.

»Und weil ihr genauso riecht wie das Geld, hab ick auch keene Zweifel, dass dat echtes Geld ist. Ihr wart unter Tage.«

Er hatte 5000 Mark für das Geld in den beiden Rucksäcken geboten, und für die Rucksäcke dazu.

»Bar und sofort! Ich geh da in die Bank zurück und hol euer Geld!«

»Was ist dein Beruf?«, hatte Sola gefragt. »Autos verkaufen?«

Als er auf ihre Frage antwortete, schaute er mich an.

»Jutes Auge, die junge schwarze Dame.« Es schien ihn nicht zu wundern, dass sie seinen Beruf erraten hatte.

Sola hatte 10 000 Mark gefordert.

Er sagte 6000. Sie sagte 8000.

Er zögerte, dann nickte er, grinste, nahm die Sonnenbrille ab, spuckte in die Handfläche und reichte Sola die Hand. Schien ihm noch immer ein gutes Geschäft zu sein. Sie spuckte ebenfalls in ihre Handfläche und schlug ein. Er bedeutete uns mit ausgestreckten Armen und abgespreizten Fingern, dass er gleich zurückkommen würde.

Als er weg war, schaute mich Sola ernst an.

»Entweder kommt gleich die Polizei, oder wir verkaufen ein paar Millionen Mark für 8000 Mark an einen Verbrecher.«

Sie wischte ihre Hand an ihrer Hose trocken.

Ich musste lachen.

Wir mussten nicht lange warten. Der Mann kam aus der

Bank zurück, außer Atem, schwitzend, ebenso froh darüber, dass wir noch da waren, wie wir darüber, dass er zurückgekommen war. Er überreichte Sola einen Briefumschlag, feierlich wie ein flammendes Schwert. So aufgeregt wie er war, schien er uns über den Tisch zu ziehen. Was war wohl der Sammlerwert von Ostmark-Scheinen? Es war uns egal. Sola reichte mir den Umschlag. Ich öffnete ihn.

Natürlich wieder nur Tausender. Acht Scheine.

Der Autohändler nahm die beiden Rucksäcke, versicherte sich, dass sie gut verschlossen waren, warf sich je einen auf jede Schulter, blieb noch einen Moment stehen – »Passt alles, wa?«

Wir nickten, und er drehte sich um und ging.

»Sola?«

»*Oui?*«

»War das jetzt ein Wunder oder Zufall?«

»Ich bin nicht sicher, kleiner Affe. *Mais ça ne change rien, si?*«

And it all begins where it ends, and she's all mine, my magic friend.

C'mon join the joyride.

Meine Mutter war schon im Nachtdienst, als wir wieder im Krankenhaus ankamen. Auf dem runden Esstisch klebte ein Post-it.

»Nudeln sind im Kühlschrank. Komm hoch, wenn du magst. Auf Station ist bestimmt ein Bett frei. Ich hab dich lieb.«

»Ich würde hochgehen zu ihr«, sagte Sola.

Ich hatte meiner Mutter zu viel zu erzählen. Und zugleich zu viele Geheimnisse vor ihr. Außerdem schlief ich fast im Stehen ein. »Ich seh sie ja morgen.«

Sola zuckte mit den Schultern.

Ich schrieb meiner Mutter auch ein Post-it: »Alles gut, wir sind heil und das Auto auch. Muss schlafen.«

Wir ließen die Nudeln im Kühlschrank, ich schaffte es gerade noch, Hose und T-Shirt auszuziehen. Dann schlief ich ein. Im Dunkel meines Traumes blinkte eine »Risiko«-Taste orange.

#45, 9.6.1991

»*Ich möchte bitte Gott sprechen, sofort.*«

»*Hallo? Hal…*«

Freitag, der 12. Juli 1991

An diesem Tag sah ich Sola zum letzten Mal. Und mit ihr verschwanden die Toten aus meinem Leben, nie wieder riefen sie an, nie wieder gaben sie Aufträge an mich weiter, nie mehr hörte ich von dem Opa ohne Hose oder all den anderen, deren Aufträge ich manchmal erfüllt hatte und manchmal nicht. Sollte ich wirklich ein Engel gewesen sein, war ich wahrscheinlich kein guter.

Ich schwänzte die Schule und schlief, bis die Sonne schon wieder die Wipfel der Fichten auf der anderen Seite des Tales berührte. Nachdem ich lang und zu heiß geduscht hatte, stand ich lang in Unterhosen vor dem Badezimmerspiegel und besah meinen Körper, die vielen Verletzungen waren wie Stempel von den Erlebnissen der vergangenen Tage. Der Kratzer von Fini auf meiner Backe war verschorft. Die drei verpflasterten Finger hatten sich entzündet. Der Oberarm schmerzte immer noch, die Wunde nässte. Wer würde mir die Fäden ziehen? Mein Knie war so angeschwollen, dass ich nur meine Trainingshose tragen konnte.

In Solas Zimmer war es noch dunkel, als ich frühstückte.

Ich kletterte von unserem Balkon an der Birke hinab, mühsam mit dem kaputten Knie, aber nicht unmöglich, und grub das Geld des Alten aus. Ein paar Mäuse hatten sich durch das Plastik meiner Verpackung gefressen, aber die Scheine hatten sie nicht angerührt. Ich nahm das böse Buch aus meinem Zimmer und das Geld und lief den Weg durch das Krankenhaus, den Mandarinengang, das Schwesternwohnheim, die Weihergasse hinab, durch den Stadtpark bis zum Haus der Wolframs und klingelte.

»Don't forget, everybody must give something back for something they get«, flüsterte ich mir selbst zu, ohne mich daran zu erinnern, wessen Zitat das war.

Nadine öffnete. Sie wirkte kein bisschen überrascht, aber das hieß bei ihr nichts. Ihre Haare trug sie offen.

»Hi«, sagte ich.

»Hallo.«

»Tut mir leid mit deinem Opa.«

»Danke.«

»Warst du schon wieder in der Schule? Ich hab auch gefehlt.«

»Nee.«

Sie bat mich nicht herein, aber das war mir ganz recht so.

»Das Buch hier …« Ich reichte ihr das böse Buch. »Es ist seins. Es sind Bilder von nackten Menschen darin, ich würde dir raten, es eher nicht anzuschauen. Ziemlich krasse Bilder.«

Ihre großen Augen hinter ihren Brillengläsern wurden noch größer, aber ich fand es bemerkenswert, wie ruhig sie blieb.

Sie nickte und nahm es. Es war so schwer, dass sie es mit zwei Händen hielt.

»Und, äh … das hier noch.« Ich reichte ihr die Geldscheine. »Das war bei dem Buch dabei. Ist noch fast alles.«

Das Geld nahm sie ohne jede Regung.

»Das Buch stinkt nach Rauch. Die Ecken sind verkohlt.«

»Ja, ich hab versucht, es zu verbrennen. Hat nicht geklappt.«

Nadine drehte sich um und ging ins Haus.

»Komm rein«, sagte sie, ohne mich anzusehen.

Ich zögerte vor der Tür.

»Ist sonst niemand da«, beruhigte sie mich.

Ich trat ein, und mich überkam sofort wieder diese Mischung aus Neid und Bewunderung, als ich auf den dicht gewebten roten Läufer trat, der über das Holzparkett gelegt war.

Sie ging mit dem Buch in die Bibliothek und lief quer durch den Raum zu einem riesigen Kamin, der in der Mitte der langen Seitenwand eingelassen war. Ich ging einen Umweg, um mit meinen Schritten auf dem Läufer zu bleiben. So gehört sich das bestimmt, dachte ich.

Man hätte ein ganzes Schwein in dem Kamin rösten können.

»Ist ein Bild von mir drin? In dem Buch?«

Sie fragte in dem beiläufigen Ton, in dem andere Menschen um die genaue Uhrzeit bitten.

»Ich weiß nicht«, log ich.

Sie presste die Zähne so fest aufeinander, dass ihre Wangenknochen hervortraten. Sie merkte, dass ich log.

Obwohl es Juli war, war das Feuerholz im Kamin perfekt aufgestapelt, so schlicht und gleichzeitig so sorgfältig, dass es jemand vom Personal des Hauses gemacht haben musste.

Nadine nahm von einem kleinen gusseisernen Tisch neben dem Kamin die längsten Streichhölzer, die ich je gesehen hatte, und entzündete das Holz. Es war trocken, und der Kamin zog trotz der Hitze draußen schnell Luft, sodass das Feuer rasch brannte. Die Julihitze mischte sich mit der Wärme der Flammen. Nadine stand mit etwas Abstand mittig vor dem Feuer und hatte die Hände in die Seiten gestützt, den Kopf leicht zur Seite geneigt, wie eine Malerin, die ihr Kunstwerk kritisch betrachtet. Dann nahm sie das Buch. Statt es zu werfen, legte sie es vorsichtig ins Feuer.

»Autsch!« Sie schüttelte die rechte Hand vor Schmerz und sah mich zum ersten Mal wieder an. »Verbrannt.«

Genau so hat sich dein Opa das gewünscht, dachte ich.

Dann warf sie die Geldscheine ins Feuer.

»Du redest ja eh nicht viel. Kannst du auch über das alles hier nicht reden?«

Mir war, als würde Sola neben mir stehen und eines ihrer Zitate in mein Ohr flüstern.

Hell is empty and all the devils are here.

»Ja, kann ich.«

»Danke. Ich vertrau dir. Und es tut mir leid, was passiert ist. Und was ich gesagt habe. Über deinen Vater, meine ich.«

»Okay.«

»Mein Opa, er war böse.«

»Ja.«

»Es ist gut, dass er tot ist. Alle denken das. Sogar Vater und Mutter. Aber niemand sagt es.«

Ich hatte viele Fragen, aber zu viel Angst vor den Antworten. Vielleicht ging es ihr ebenso. Deshalb schwiegen wir noch ein wenig, was ja gar nicht so schwer ist, wenn man dabei in ein Feuer schauen kann. Die Flammen sammelten und teilten sich immer wieder aufs Neue um das knisternde Holz und das längst lodernde Papier des Buches, immer wieder stiegen kleine weiße Fetzen in die Luft und schwebten dann, vom Feuer ihres Gewichts beraubt, wieder langsam in die Flammen zurück.

»Ich schaff das schon«, sagte Nadine in Richtung Feuer. »Ich schaff das schon.«

Ich nickte, ohne dass sie es sehen konnte. Aber ich hatte auch das Gefühl, dass sie nicht mit mir gesprochen hatte.

Ich ging auf dem Läufer zurück zur Tür, wieder nahm ich den längeren Weg auf dem Teppich, statt den kürzeren Weg über das blanke Holz zu gehen. Aber trotzdem knarzten meine Schritte auf dem Parkett. Dann ließ ich sie allein.

Als ich am Nachmittag nach Hause kam, hatte Sola ihre Sachen schon gepackt, ihre Tasche lag vor ihrer Zimmertür. Meine Mutter und sie saßen auf dem Balkon, Sola rauchte einen Joint, es schien meine Mutter nicht zu kümmern, sie schauten ins Tal. Als mich meine Mutter sah, stand sie auf und umarmte mich lang, länger als sonst. Sie nahm mein Gesicht zwischen ihre Hände und schaute mir in die Augen. Sofort bemerkte sie meine verletzten Finger. Ich winkte ab.

»Wie ist die Tendenz?«

Irgendein Psychologe hatte ihr mal geraten, nicht mehr zu fragen, wie es mir gehe, sondern wie »die Tendenz« sei. Wir hatten schon oft darüber gelacht.

Ich nickte.

»Aufwärts.«

Dann umarmte ich sie von mir aus, ebenso fest, ebenso innig, wie sie mich umarmt hatte. Sie atmete tief ein, überrascht, und drückte mich noch mal.

»Heute ist die letzte Nacht, dann hab ich eine Woche frei.«

Ich wusste die korrekte Antwort.

»Vielleicht machen wir mal was zusammen.«

»Ah, *enfin*!« Sola klatschte auf ihrem Stuhl, die Füße weiterhin auf das Geländer gestellt. »Siehst du, mein kleiner Affe! Ist nicht so schwer, das Nettsein.«

Ich schaute meine Mutter an, und wir lachten gemeinsam.

Der Aufenthaltsraum war zum Abschied der französischen Austauschschüler mit niederländischen Fahnen geschmückt, alle lachten über Johnny, der die Fahnen verwechselt und die falschen gekauft hatte.

»Kein Problem für mich, ich bin Belgierin«, sagte Sola zu mir und ging dann an die Bar, einen Tisch in der entferntesten Ecke des Raumes, um sich alkoholfreien Punsch zu holen. Aus der Mitte des Zimmers waren alle Tische und Stühle an die Seiten geschoben, um eine Tanzfläche zu schaffen, aber im Moment tanzte noch niemand, stattdessen saßen sich deutsche und französische Schülerinnen und Schüler gegenüber und tuschelten übereinander. Niemand fragte, wo ich gewesen sei. Sola quatschte mit den Franzosen, als sei sie nie weg gewesen. Draußen war es noch hell, deshalb spiegelte die Discokugel an der Decke nur das leicht schummerige Abendsonnenlicht. Sie konnte sich nicht von selbst drehen, deshalb musste Birgit Dobler immer wieder zu ihr hingehen und sie anschubsen, weil sie die Größte von uns war.

Mir fiel auf, dass bald Sommerferien waren. Ich hatte keine Pläne. Es lief *Shiny Happy People* von R.E.M., kein Wunder, dass niemand tanzte, wie sollte man dazu tanzen, und dann *Gonna Make You Sweat* von der C&C Music Factory. »So ein geiles Video«, sagte irgendwer, aber ich kannte nur das Lied, wir hatten ja nur den alten Fernseher mit drei Programmen und kein MTV.

Sola lachte mit den anderen. Draußen stapelten sich die Taschen und Koffer der Abreisenden auf dem Schulhof.

Ich trank Pepsi und schaute und schwieg und vermisste Sola jetzt schon, aber ich hatte das angenehme Gefühl, nichts erleben zu müssen. Nadine war nicht da.

I've Been Thinking About You von Londonbeat. *Sadeness* von Enigma. *Do the Bartman* von den Simpsons. *Ice Ice Baby* von Vanilla Ice. Die Franzosen tanzten jetzt.

Sola schlenderte zu Johnny, der offenbar die Party organisiert hatte und deshalb auch für sich in Anspruch nahm, die Musik bestimmen zu können. Irgendwas flüsterte sie ihm zu, irgendwas überreichte sie ihm. Er fuchtelte mit CDs vor ihrem Gesicht, zeigte ihr eine Acht mit den abgespreizten Fingern der einen und Daumen, Zeigefinger und Mittelfinger der anderen Hand. *You* von Ten Sharp. *The Shoop Shoop Song* von Cher.

Eine hübsche Französin mit dunklen Locken kam auf Hasi zu, der immer Lederjacke trug und auf einem der Tische am Fenster saß. Sie übergab ihm einen kleinen Zettel und blieb vor ihm stehen. Er faltete den Zettel auseinander und las, was darauf stand. Dann sah er sie an und nickte, stand auf und begann mit ihr zu tanzen. Hasi brach das Eis. Bald tanzten fast alle.

Dann legte Johnny den Schalter um, Stehblues. Er spielte *(Everything I Do) I Do It for You* von Bryan Adams, und die Paare, die sich eben noch in ausreichendem Abstand zueinander irgendwie so bewegt hatten, wie sich 13-Jährige beim Tanzen eben bewegen, standen für einen Moment hilflos einander gegenüber.

Sollen wir?

Wieder waren es eher die Franzosen, die sich trauten. Einer zog Claudia an der Hüfte zu sich. Ein anderer Birgit Dobler, obwohl die viel größer war als er. Das Lockenmädchen hängte sich an Hasi. Eine Französin mit einer silbernen Halskette, auf der »Nina« stand, wollte mit Longi tanzen, aber der lehnte mit einem nervösen Kopfschütteln ab und zeigte auf sein Punschglas, »Non, non!«, als wäre ein Glas Obstsaft in der Hand ein offensichtlich hinreichender Grund für eine Absage. Also tanzte sie mit Rehfuß, der neben Longi stand, und ihre unbekümmerte Wahllosigkeit machte sie noch schöner. Kümmel tanzte mit Stefi Dold, die brauchten keine Franzosen. Und Clemens mit Ute, wie immer, die beiden würden für den Rest ihres Lebens zusammenbleiben, das war allen klar, auch den beiden. Draußen wurde es dunkel. Die Französischlehrerin brachte belegte Semmeln. Jan kam zu spät. Birgit schubste die Discokugel an.

Alle johlten, als statt des nächsten Liedes eine Pause entstand, aber Johnny musste offenbar von CD auf Kassette umschalten und brauchte dafür ein paar Sekunden. Und dann lief das Tape mit ein paar Sekunden Stille an, und genau in diesen paar Sekunden stand plötzlich Sola vor mir und streckte mir ihre Hände entgegen.

»Some dance to remember, some dance to forget.«·

Sie nahm meine Hände und zog mich von der Tischplatte, auf der ich gesessen hatte. Legte meine Hände auf ihre Hüfte. Ein erster Gitarrenakkord. Sie verschränkte ihre Arme hinter meinem Nacken, zog mich nah zu sich, viel näher, als all die anderen tanzten, sodass ich ihre Brüste an meiner Brust spüren konnte und die samtene Süße ihres Körpers riechen konnte. Sie schaute mir in die Augen und bewegte die Lippen zum englischen Gesang eines Mannes. Das Lied hatte ich noch nie gehört und würde ich nie mehr vergessen.

Where are you going, I don't mind
I've killed my world and I've killed my time
So where do I go? What will I see?
I see many people coming after me ...

Mir war, als würde Sola nicht nur ihre Lippen zu diesem Lied bewegen, sondern als käme der Gesang tatsächlich aus ihrem Mund, geflüstert, nur für mich und doch für die ganze Klasse, die ganze Welt zu hören.

So where are you going to, I don't mind
If I live too long I'm afraid I'll die

Die Discokugel drehte sich nun plötzlich doch von alleine, und mit ihr alles um mich herum, und noch immer schaute ich in ihre Augen und blinzelte vorsichtshalber, aber alles blieb, wie es war, und ich fühlte mich, als stünde einer meiner Füße in Eiswasser und der andere in heißem Tee, und aus diesen ganz und gar gegensätzlichen Gefühlen entstand in meiner Brust ein

Ganzes, und dann sprach Sola zu mir, und mein Herz wurde größer und weicher, und ich hörte sie sprechen, obwohl sie zugleich für mich sang. Jedes Wort wie Zuckerwatte.

So I will follow you wherever you go

If your offered hand is still open to me

Ich hab dich sehr gern, mein kleiner Affe, du bist ein mutiger, trauriger, schöner Mensch.

Strangers on this road we are on

Ich spür deinen Kummer, aber ich kann nix machen für dich, weißt du? Das musst du selber. Du weißt: Trauer ist nur Liebe ohne Zuhause.

Strangers on this road we are on

Ich kann auch deinen Kummer sehen, Sola. Tut mir leid.

Ich nehm meinen Teil vom Geld und flieg nach Afrika, und wenn Vincent will, kommt er mit, und wir bleiben zusammen für immer. Und wenn nicht, dann nicht, dann suche ich mich allein.

We are not two, we are one

Ich nickte, und Tränen wie heiße Kiesel liefen mir über die Wangen. Ich legte meinen Kopf auf ihre Brust und spürte ihr Herz schlagen im Takt des Liedes.

Mein kleiner Affe?

Ich nickte, ohne zu ihr aufzuschauen.

Ton père. Er hat mich zu dir geschickt.

All the things I own I will share with you

And if I feel tomorrow like I feel today

We'll take what we want and give the rest away

Ich bin sein Engel, und dein Engel bin ich auch, glaub ich.

Noch immer sang sie das Lied für uns alle und sprach zugleich mit mir, und noch immer hielt sie mich und bewegte ihre Lippen, und ich konnte hören, wie.

Mischa, mein Mischa, ich …

Die Stimme meines Vaters.

Hörst du mich?

Ich hör dich, Papa.

Ich höre nichts außer dir.

Ich sehn mich so nach dir, Papa, und nach uns und unserer Pfannkuchenmusik.

Ich hab dich allein gelassen und Mama auch. Und es tut mir so leid, ich liebe dich so. Und jetzt konnte ich nichts mehr tun, außer Sola zu schicken.

Wir hatten wenig, und du bist gegangen, und ohne dich hatten wir einfach noch weniger.

Es tut mir so leid, Kleiner.

Es war nicht so, als würde mir der Boden unter den Füßen weggezogen. Es war, als wäre da noch nie ein Boden gewesen, als würde ich fallen, als wäre ich immer schon gefallen, kopfüber nach unten oder nach oben, das konnte ich schon gar nicht mehr sagen, und in meinen Ohren hörte ich ein ratterndes Rauschen, es musste die Geschwindigkeit des Sturzes sein, es war, als hielte ich meinen Kopf aus dem Fenster eines Eisenbahnwaggons, und ich fiel ohne Ende und mit der ständigen Angst, jeden Augenblick am Grund aufschlagen zu können.

In a promised lie you made us believe
For many men there is so much grief

Sola hielt mich.

Ist richtig, mein kleiner Affe. Ich bin bei dir wegen ihm. Er hat mich geschickt und mir gesagt, dass wir nach Halberstadt müssen. Er wusste vom Stollen, und er hatte dazu schon einen Ordner gemacht, hat er gesagt – aber dann hatte er keine Kraft mehr. Ich habe den Ordner bei euch gesucht, aber nicht gefunden. Ich sollte Geld für dich besorgen, damit du wenigstens keine Sorgen wegen Geld mehr hast. Er hat nicht gewusst, dass das Geld nichts mehr wert ist.

Strangers on this road we are on
We are not two, we are one

Draußen war es plötzlich tiefe Nacht, und irgendwer rief zum Abschied.

Wenn ich dich vielleicht auch mal brauche, mein kleiner Affe, darf ich dich anrufen? Du bist der einzige Engel, den ich sonst noch kenne.

Wieder nickte ich, mein Kopf noch immer auf ihrer Brust.

We are not two, we are one

Das Lied endete mit Herzschlägen, in einem seltsamen, aber regelmäßigen Takt.

Sola blieb stehen.

Wir sahen uns in die Augen.

»Deine *Maman* … weißt du, mein kleiner Affe: Ich glaube, sie ist noch viel trauriger über ihren stillen Sohn als über ihren toten Mann.«

Sie küsste mich dreimal auf die Wangen.

»Es war eine schöne Abenteuer mit dir. Danke für die 4000 Mark. Ich hab dich lieb. Aber jetzt fährt der Bus, und ich fahre mit.«

Und dann ging sie zur Tür, und dann verließ sie den Raum, und dann nahm sie ihre Tasche, und dann stieg sie in den Bus auf dem Pausenhof, ohne sich umzudrehen, und dann saß sie schon weit vorne am Fenster, und ich stand noch immer auf der Tanzfläche und sah sie durch die Scheibe des Aufenthaltsraumes und durch das Fensterglas des Busses, und sie sah mich, und dann fuhr der Bus, und alle winkten ihm nach, außer mir. Und dann war Sola fort.

Jahre später

Aus Versehen wäre ich beinahe Arzt geworden. Aber ich machte mir immer zu viele Gedanken über das Sterben und vertraute zu wenig auf das Leben, sah bei jedem Patienten über sein Leiden hinaus, weiter zur Unvermeidbarkeit des Todes. Auch eine tadellose Behandlung versprach für mich nie die Aussicht auf Heilung, sondern bot nur die Chance für einen Aufschub, jedes Medikament schien mir ein Placebo, nur manchmal eben ein Placebo mit Wirkstoff. Obwohl ich fachlich nicht schlechter war als die anderen im Studium, obwohl ich sogar ausgezeichnete Noten hatte, mieden mich die Patienten schon als AiP, als Arzt im Praktikum. Irgendwann legte mir eine Oberärztin bei Dienstschluss freundschaftlich die Hand auf die Schulter und empfahl mir, meine Berufswahl noch mal zu überdenken, nicht zuletzt, weil ihr das Zittern meiner linken Hand aufgefallen sei, neben meinem melancholischen Wesen würde vor allem das die Patienten bei einem angehenden Chirurgen verunsichern. Ob ich tränke. Wie es mir gehe. Ich sei so schweigsam. Auch die Kollegen fragten sich. Ob ich mir sicher sei. Wenn ich reden wolle. Orthopädie ginge vielleicht.

Natürlich hatte sie recht.

So wurde ich Redakteur bei *medizin heute*, einer monatlichen Zeitschrift, die wissenschaftliche Erkenntnisse aus der Welt der Medizin für Leserinnen und Leser verständlich aufbereitet. Die Auflage ist überraschend stabil, was vor allem den

vielen älteren Abonnenten zu verdanken ist. Die neue Chef-
redaktion hat die Mitarbeiter der Textredaktion nach einem
Relaunch des Magazins gerade neu aufgeteilt, es gibt jetzt nur
noch drei Ressorts: »Oben«, »Mitte« und »Unten«. Ich wurde
ins Team »Mitte« berufen und bin dort einer der wenigen Fest-
angestellten, wir sind für den Themenbereich zwischen Hals
und Bauchnabel zuständig, die Mitte des Körpers eben: Herz,
Verdauung, Rücken, Leber ... Ganz allgemein kümmern sich
Menschen zu wenig um ihre Leber, ein sehr wichtiges Organ.

Ich bin 47 Jahre alt, nicht verheiratet und habe keine Kinder.
Wenigstens einmal im Jahr reise ich nach Halberstadt. Kleine
Messingtafeln erinnern in einer Gedenkstätte an die Opfer des
Konzentrationslagers, also an die Männer, die Sola und mir im
Stollen begegnet sind. István Tohl, geboren am 23. Februar
1907. Jean-Baptiste Durand, geboren am 14. Juni 1896. Ajzyk
Abramowicz, geboren am 1. Juli 1928. Es sind so viele, dass ich
immer einen finde, der Geburtstag hat, egal, an welchem Tag
ich komme. Dann lege ich einen kleinen Stein neben sein Schild,
den ich bei mir zu Hause in einer Trommelschleifmaschine
poliert habe. Vielleicht ist das zu wenig. Aber weiter weiß ich
mit meiner Erinnerung nichts anzufangen. Ich habe nie mit
jemandem über meine Erlebnisse gesprochen. Der Stollen ist
geschlossen, das alte Ostgeld darin wurde längst wieder eingesammelt und verbrannt.

Ich lebe in einer Zweizimmerwohnung im zweiten Stock,
ein Altbau mit Parkett, auf dem ich mir neulich einen Spreißel
eingezogen habe, ich müsste das Holz mal wieder abschleifen,
so etwas erledige ich selbst. Abends mache ich mir etwas zu essen und lese oder höre Musik oder schaue Filme in der Origi-
nalfassung. Um ehrlich zu sein, suche ich dabei vor allem nach
Solas Zitaten. Manchmal finde ich eines, wie neulich, als ich

The Apartment von Billy Wilder sah, wo Shirley MacLaine in ihren Schminkspiegel schaut und Jack Lemmon sie darauf hinweist, dass er zerbrochen sei, und sie antwortet: »Yes, I know. I like it that way. Makes me look the way I feel.«

Oder als ich diesen Godard-Film sah mit Belmondo und Anna Karina, und er sagt, sie sei die Schönste der Welt, und sie schnippisch antwortet: »Ah, tu me parles avec des mots et moi je te regarde avec des sentiments«, und ich endlich verstand, worüber Vincent und Sola damals in seinem Zimmer lachten. Jedes Mal wieder schaudert mich dann in kleinen Wellen, als würde ich an einem windigen Oktobertag in zu leichter Kleidung an der salzigen See stehen. Nie weiß ich, was dieses Gefühl bedeuten soll. Ist es nur Nostalgie? Ein Gruß, den ich mir selbst sende? Oder eine Nachricht? Eine Aufforderung, ein anderer Mensch an einem anderen Ort, in einer anderen Welt zu sein? Ich kann niemanden fragen, ich bin allein. Und an Götter, die unser Dasein bestimmen, glaube ich nicht. Dabei wäre es so viel einfacher. Manchmal lese ich vor dem Einschlafen griechische Tragödien, sie beruhigen mich. Der Gedanke, dass unser Schicksal bereits bestimmt und vorgegeben sei, hat etwas Tröstliches. Würde uns das nicht auch viel von dem Gewicht der Entscheidungen abnehmen, die wir in unserem Leben zu treffen haben?

Meine Mutter ist vor sechzehn Jahren gestorben, an einem Herzinfarkt im Dienst. Auf der Intensivstation, auf der sie noch immer arbeitete. In Sekunden wurde sie von einer Krankenschwester zur Patientin auf ihrer eigenen Station, eigentlich beste Bedingungen für eine Behandlung, aber sie starb am selben Abend. In der Zeit nach Sola hatten wir viel mehr gesprochen als zuvor, im Flur auf dem Boden sitzend, unserem Lieblingsplatz. Da blätterte ich auch die 4000 Mark vor ihr auf den Boden und erzählte ihr von der Reise, die ich mit Sola unternommen hatte. Ein paar Details ließ ich dabei aus. Erst zögerte sie. Dann wollte sie das Geld nicht annehmen. Dann nahm sie es, und anschließend verarztete sie meine Wunden, und nicht nur das folgende Jahr wurde leichter und schöner für uns beide.

Sola hatte natürlich recht behalten: Mit jedem Tag, an dem meine Mutter und ich sprachen, und immer mehr sprachen, ging es ihr besser. Und mir auch. Einmal im Jahr fuhren wir an den Atlantik, schauten auf das Meer und aßen Trauben und Camembert mit Baguette. Aber kaum einmal redeten wir über meinen Vater, seine Spielsucht, seinen Tod, es war nicht mehr der Schmerz, der uns davon abhielt, eher das Gefühl, dass es nicht mehr helfen würde. Vielleicht war das ein Fehler, wer weiß.

Einmal erzählte ich ihr, dass ich ihn noch mal gehört hatte, in Solas Arm beim Tanzen, und dass er sich bei uns entschuldigt habe. Sie nickte, als würde ich ihr vom Wetter des Vortages berichten.

Dass sie Sola schon mal am Meer begegnet war, erzählte sie mir nie, und ich fragte nie danach.

Die Post-it-Konversationen behielten wir bei, ein Witz unter uns Eingeweihten, auch später schrieben wir uns Briefe, in denen wir die Notizzettel beschrieben und auf unbeschriebenes Briefpapier klebten, die schönsten Nachrichten von ihr klebten so lange an den Fenstern meiner Wohnungen, bis sie von der Sonne so vergilbt waren, dass man die Schrift kaum noch lesen konnte und sie irgendwann abfielen wie Herbstlaub. Am Ende jeder Nachricht: eines ihrer perfekt symmetrischen Herzen. Irgendwann hatte ich erzählt, wie Sola mich immer nannte, das gefiel meiner Mutter, und sie übernahm es für ihre Post-it-Briefe: »Pass auf dich auf und lern nicht so viel, leb auch ein wenig«, schrieb sie mir einmal in die Stadt, in der ich studierte, »ich wünschte, ich hätte es so gemacht, mein kleiner …«

»… Affe? *C'est toi?*«

Ich wusste sofort, dass sie es war.

»Sola?«

Das Telefon in der Redaktion. Aber woher hatte sie die Nummer? War sie es wirklich? Seit der Abschiedsfeier damals hatte ich sie nie wieder gesprochen, alle meine Anrufe waren unbeantwortet geblieben, Briefe kamen als unzustellbar zurück, Olivier, mein nutzloser Gastbruder, konnte auch nicht weiterhelfen, Vincent war mit Sola verschwunden, »*Ils sont partis*«, ja, sie sind fort, aber wohin? Entweder wollte er es nicht sagen, oder er sollte es nicht sagen. Oder wusste es wirklich nicht.

Aber jetzt konnte ich sie hören.

»*Oui*, mein kleiner Affe. Gut, dass ich dich hab.«

Ihre Stimme hatte etwas Rauchiges, Grünes, Halbweltliches, und sie klang weit weg.

»Sola, ich … ich fass es nicht.«

Glück und Aufregung und Freude, gleichzeitig Anspannung und seltsam: Angst.

»Ich brauch dich.«

»Wo bist du?«

»*En Afrique.*«

Afrika. Wie sie es geplant hatte.

»In Zaïre?«

»Zaïre heißt jetzt die *République Kongo*, mein kleiner Affe, aber: *oui*. Da bin ich.«

»Bei deiner Familie? Du hast sie gefunden? Bist du glücklich? Bist du in Lubumbashi?«

Ich wusste nicht mal, dass ich mir gemerkt hatte, wie ihre Heimatstadt hieß.

»*Oui*. Ich bin hier. Glücklich bin ich nicht.«

Es entstand eine kurze, seltsame Pause. Als gäbe es nichts mehr zu sagen, jetzt, wo man sich der Existenz des anderen versichert hatte. Im Hintergrund bei Sola hörte ich hupende Autos, Straßengeräusche, undeutliche Stimmen, wahrscheinlich von Passanten im Vorbeigehen.

»Ich hab dich gesucht, Sola. Ich hab dich vermisst.«

»Natürlich, mein lieber kleiner Affe. Aber ich musste fort, ich musste weiter, ich hatte zu tun. Das wusstest du doch.«

»Ja.« So war es wohl. »Warum bist du unglücklich?«

»Erinnerst du dich an dein Versprechen, nicht mehr mit den Toten zu sprechen?«

»Ja.«

»Und? Hast du?«

»Nie mehr.«

»Ich bitte dich, es kaputt zu machen.«

»Was?«

»Das Versprechen. Du musst es kaputt machen.«

»Du meinst, ich soll es brechen?«

»*Oui*. Brech es.«

Jetzt wusste ich, was die seltsame Zutat in ihrer Stimme war.

»Wer ist gestorben, Sola?«

»*Ma petite fille*, mein kleiner Affe. Meine Tochter. *Elle est morte. Josephine est morte.* Sie ist … er hat sie … einfach überfahren. Ein Unfall.« Sola weinte.

»Ich … sie … sie war noch so klein und …

Ich kann nicht …

Ich kann sie nicht hören.«

Sie weinte.

»Du musst. Mein kleiner Affe, du musst. Vielleicht kannst du sie hören.«

Die Trauer in ihrer Stimme trieb mir einen Pfahl durch mein

Herz. Irgendwas starb, und irgendwas wurde zum Leben erweckt. Ich litt mit ihr.

»Meinst du, es geht? Ich hab es wirklich nie mehr versucht.«

»Ich weiß nicht. Aber ich kenn nur dich noch, der die Toten hören kann. Und vielleicht … weil du … und weil dein Papa damals mich … vielleicht gibt es ein Band zwischen uns? Einen Versuch ist es wert, oder? *S'il te plaît.*«

Vielleicht, so dachte ich im Auto unterwegs zu dem Haus, in dem ich aufgewachsen bin und in dem jeden Tag Menschen starben, vielleicht habe ich nichts um mich, damit mich nichts hält.

Ich fuhr vier Stunden lang und dachte und hörte nichts.

Aber ich fühlte einen Sinn.

Don't forget, everybody must give something back for something they get.

Ja, und vielleicht auch andersrum. Vielleicht kriegt man auch etwas zurück, wenn man etwas gegeben hat.

Manchmal stelle ich mir vor, es gäbe einen Apparat, der alles notiert, was wir tun, was wir erleben, was wir fühlen und denken und sagen. Was würde geschehen, bliebe jeder unserer Gedanken festgehalten, jede Regung beweisbar, jeder Fehler überprüfbar? Wäre das nicht furchtbar?

Was wir Erinnerung nennen, sind doch nur Versuche, uns Geschichten zurechtzudenken, die uns uns selbst erträglich machen. Unser Selbstbild ist ein Porträt, das wir bei uns selbst in Auftrag gegeben haben, und es ist viel leichter, dieses Porträt zu betrachten, als in einen Spiegel zu blicken. Wir sind die Geschichten, die wir von uns selbst erzählen. Wenn es uns nötig scheint, verändern wir diese Geschichten und formen sie zu Erinnerungen, mit denen wir leben können, egal, wie wahrhaftig sie sind. Unser Glück, denke ich, hängt davon ab, wie gut es uns gelingt, unsere Erinnerungen zurechtformen zu etwas, mit dem wir leben können.

Das Krankenhaus war vor Jahren geschlossen worden, eine Entscheidung des Kreistages, Sparpotenziale. Wer einen Arzt brauchte, ein Kind zur Welt bringen wollte, wer Blut spuckte oder von der Leiter fiel, musste nun bis ins nächstgelegene Klinikum fahren, zwanzig Kilometer entfernt, eine halbe Stunde Fahrt.

Einen Nachmieter hatte die Stadt nie gefunden, und so verfiel der leer stehende Bau nach und nach. Die Fassade filzte schmutzig grau vom Berg ins Halbdunkel des Tales hinab, ein Bretterwandprovisorium versperrte die Auffahrt. Ich parkte mein Auto unten im Tal, quetschte mich an der Bretterwand vorbei und lief den Berg hinauf, wie ich es unendlich oft gemacht hatte. Ich sah mich, neben mir gehend, wie ich meine Finger ausgestreckt an der dunkelroten Steinwand entlanggleiten lasse, vielleicht 13, vielleicht 14 Jahre alt, wie damals, wie immer, wie immer noch. Wie ich die vielen Stufen nach oben laufe, deren Zahl ich doch nie vergessen wollte und doch vergessen hatte, auf dem Weg ins Krankenhaus, auf dem Weg zu meiner Mutter, auf dem Weg nach Hause.

Auf den Parkplätzen wucherte Gras durch die Spalten im Beton, die Fenster bis hinauf in die oberen Stockwerke waren gesplittert. Das Haus schien ausgeweidet. Der Mond stand am Himmel.

»*The moon has nothing to be sad about*«, im Gedicht von Sylvia Plath. Ich dachte an Sola und ihren Schmerz. Ich konnte ihn fühlen.

Jemand hatte lustlos ein Kettenschloss durch die ebenfalls eingeschlagenen Glastüren der Eingangspforte gehängt. Ich ging an der Pforte vorbei und umrundete das ganze Haus bis zum Schwesternwohnheim. Auch hier wohnte niemand mehr, auch hier waren fast alle Scheiben eingeschlagen, aber die Eingangstür war nicht verschlossen.

»Ich versuche es für dich«, hatte ich zu Sola gesagt.

Aber du machst es auch für dich selbst.

Im Eingangsbereich des Schwesternwohnheims standen Einkaufswagen, lagen umgekippte Stühle mit gebrochenen Lehnen und Kleiderbügel auf dem Boden. Hier hatten sich in den vergangenen Jahren vermutlich Marodeure und übermütige Jugendliche abgewechselt. Die Wände waren aufgebrochen, Kupferleitungen waren herausgerissen worden, Graffiti waren auf dem Weg zum Mandarinengang an die Decke gesprüht.

Hier war ich einmal ein anderer.

Hier ging ich einmal, hier gehe ich. Hier gehen wir.

Im Mandarinengang war es finster, die Neonleuchten funktionierten natürlich längst nicht mehr, wenn sie überhaupt noch da waren. Es stank nach Scheiße. Ich schaltete das Taschenlampenlicht meines Handys ein und lief den Gang entlang, und wirklich lagen an mehreren Stellen Kothaufen, manchmal dreckige Taschentücher. Hier sah ich Dr. Wolfram. Hier sah er mich.

Am Ende des Ganges ließ sich die schwere Brandschutztür mit einem lauten Quietschen öffnen. Jetzt war ich im Krankenhaus und konnte die Taschenlampe wieder ausschalten, weil etwas Mondlicht durch die großen Fenster Richtung Tal fiel. Es roch sauer. Die Luft war alt. Ich war im fünften Stock und widerstand der Versuchung, nur einen Stock tiefer zur ehemaligen Station meiner Mutter zu gehen.

Ich lief die Treppen bis ganz nach unten. Auf die Stufen hatte sich ein weißer Staub gelegt, auf dem sich meine Schuhabdrücke zeigten.

In der Eingangshalle war alles Mobiliar entfernt. Auch die Bäume waren entfernt worden. Wo der Kiosk gewesen war, klaffte ein brutal aufgeschlagenes Loch in der Wand, als hätte ein Riese den gesamten Laden einfach aus dem Mauerwerk gerissen. Wer noch da war: Laokoon, mit seinen beiden Söhnen auf dem Wandrelief vereint in ihrem unendlichen Todeskampf gegen die Schlangen. Die Tür zur Krankenhauskapelle stand offen. Zerrissene Messdienergewänder, abgebrochene Kerzen, aufgeschlagene Bibeln lagen verstreut auf dem Boden. In einem offenen Schrank stand ein gelber Plastikeimer, auf dem mit schwarzem Filzer geschrieben stand: »Asperges me, Domine«, darunter ein kleines Kreuz. In die Wände waren Löcher geschlagen.

Dann stand ich vor dem Telefonkabuff. Die Tür war verschwunden.

Das Telefon auch.

Aus der Wand ragte nur noch das graue Ende einer Leitung, mehrfarbige Kabel sprossen aus der Ummantelung. Selbst die Telefonbücher waren verschwunden.

»Tut mir leid, Sola«, flüsterte ich.

Ich hätte dir geholfen.

Ich wollte dir helfen.

Und mir auch.

Bestimmt war da ein Band. Bestimmt hätte sie mich angerufen, und dann wäre ich zu dir geflogen und hätte dir ganz genau beschrieben, was deine Tochter gesagt hat, wie sie geklungen hat, was ich dabei fühlte. Und dann wäre dein Schmerz vielleicht irgendwann weniger geworden, vielleicht, weil du noch einmal, nur einmal, von ihr gehört hättest. Und vielleicht hätte dann auch meine Mutter angerufen. Und das hätte unseren Schmerz und unsere Ohnmacht gelindert.

Ich trat in das Kabuff und erinnerte mich an alle Stimmen, die ich gehört hatte, an jedes Wort. An alle, denen ich geholfen hatte, an alle, denen ich nicht helfen konnte. Ich erinnerte mich an Dinge, die ich damals nicht verstanden hatte und jetzt plötzlich verstand, es war, als hörte ich all die Wünsche der Toten noch einmal, und vielleicht, dachte ich, ist jetzt die Zeit, ihren Wünschen zu entsprechen, schließlich waren es ihre letzten Wünsche, und schließlich wusste nur ich von ihnen.

»Tut mir leid, Sola«, flüsterte ich noch einmal.

Danke, Sola.

Dann klingelte plötzlich das Handy in meiner Hosentasche. Die Nummer auf dem Display kannte ich nicht.

Ich drückte auf »Annehmen«.

»Hallo?«

Ich danke meiner Familie und den vielen Freundinnen und Freunden, Kolleginnen und Kollegen, Weggefährtinnen und Weggefährten, die mir geholfen haben, diese Geschichte aufzuschreiben: Juliette Aubert-Affholder, Gökalp Babayiğit, Johann Buchholz, Simone Buchholz, Dr. Florian Deißenböck, Susan Djahangard, Herbert Grönemeyer, Dr. Igor Hermisson, Daniel Kehlmann, Tanja Kernweiss, Timm Klotzek, Tobias Kniebe, Ildikó von Kürthy, Mareen Linnartz, Dr. Gisela Machatschek, Céline Meiner, Sven Michaelsen, Rita Orschiedt, Michalis Pantelouris, David Pfeifer, Julia Sellmann, Roland Schulz, Lorenz Wagner, Martin Wittmann, Dr. Marcel Ziegler.

Besonderen Dank an Dr. Nicolas Bertrand, den Leiter der Gedenkstätte für die Opfer des Konzentrationslagers Langenstein-Zwieberge, sowie an die Hinterbliebenen der Opfer des Konzentrationslagers, die in der Erzählung erscheinen: Isabelle Chaumont Huyet und Familie, Ron Elsinga, Stefania Garlatti-Costa und Familie, Agnieszka Krauze und Familie. Weitere Informationen über das Konzentrationslager Langenstein-Zwieberge unter *gedenkstaette-langenstein.sachsen-anhalt.de*

Dank an Dr. Ute Pott vom Gleimhaus Halberstadt, Simone Bliemeister, Regina und Klaus Ditze, Rüdiger Willcke in Halberstadt.

Dank an Marc Zirlewagen von der KfW-Bankengruppe, an Reinhard Frost beim Historischen Institut der Deutschen Bank, Annette Grüttner bei der Deutschen Bundesbank.

Für die Recherchen zu diesem Roman habe ich eine Vielzahl ausgezeichneter Bücher gelesen, die wertvolle Erkenntnisse zu den Themen Tod und Sterben bieten. Vor allem erwähnen möchte ich das fantastische Werk *Geschichte des Todes* von Philippe Ariès, *Sterblich sein* von Atul Gawande und *The Study of Dying*, editiert von Allan Kellehear. Informationen zur Geschichte des Kongo liefert das herausragende Buch *Kongo* von David Van Reybrouck.

In diesem Roman sind Bezüge zu Werken aus Literatur, Film und Musik zu finden, deren Autorinnen und Autoren, Interpretinnen und Interpreten meist, aber nicht in jedem Fall namentlich genannt werden konnten. Dies sei hier ergänzt: Anna Karina, Jean-Paul Belmondo in *Elf Uhr nachts*; Søren Kierkegaard; *Shelter From the Storm* von Bob Dylan; *The Long and Winding Road* von The Beatles; *La Chanson de Prévert* von Serge Gainsbourg; *These Foolish Things* von Billie Holiday; *Joyride* von Roxette; Ricky Gervais; *4th Time Around* von Bob Dylan; *Der Sturm* von William Shakespeare; *Hotel California* von The Eagles. Das Zitat von Sola auf Seite 167 und auf der Umschlagklappe ist von Dr. Jeremy Goldberg. Das Lied, zu dem Sola und Mischa tanzen (und zu dem Sie auch mal tanzen sollten) heißt *Strangers* von The Kinks.

Dank meinem Agenten und Freund Marcel Hartges sowie den Mitarbeiterinnen und Mitarbeitern der Marcel Hartges Film- und Literaturagentur.

Dank meiner Lektorin Dr. Susanne Krones bei Penguin Random House, Britta Egetemeier, Eva Schubert und den Mitarbeiterinnen und Mitarbeitern des Penguin Verlages.

Und ich danke dir, Lena. *Meet me in a dream of this hard land.*
Ohne dich wäre alles nichts.

Über ein System lernt man am meisten, wenn man es aus dem Gleichgewicht bringt.

Dr. Hannes Hennes, leicht unterforderter Mathelehrer mit seltsamem Namen, glücklicher Ehemann und Vater, könnte ein zufriedener Mensch sein. Doch seit dieser demütigenden Sache bei der Nobelpreisverleihung in Stockholm und dem peinlichen Auftritt bei Günther Jauch läuft in seinem Leben plötzlich alles schief.

Und natürlich hätte er niemals mit dem Jagdgewehr seines besten Freundes schießen dürfen. Schuld, merkt Hannes, ist ein Gefühl mit großem Gewicht.

PENGUIN VERLAG